SIMON STRAUSS

TROPEN

ZU ZWEIT

NOVELLE

Tropen
www.tropen.de
© 2023 by J. G. Cotta'sche Buchhandlung
Nachfolger GmbH, gegr. 1659, Stuttgart
Alle Rechte vorbehalten
Cover: Zero-Media.net, München
unter Verwendung eines Kunstwerks von © Thomas Müller,
Ohne Titel, 2021, Kugelschreiber auf Papier, 29,7 × 21 cm
© Thomas Müller, Foto: Frank Kleinbach
Gesetzt von Dörlemann Satz, Lemförde
Gedruckt und gebunden von CPI – Clausen & Bosse, Leck
ISBN 978-3-608-50190-2
E-Book ISBN 978-3-608-12143-8

Für Erika
&
Für Jacob

»So sind wohl manche Sachen,
die wir getrost belachen,
weil unsre Augen sie nicht sehen.«

MATTHIAS CLAUDIUS

JEDE BEGEGNUNG – EIN KLEINES WUNDER: *Bei all den unzähligen, die man verpasst, weil man doch noch die Fenster geputzt oder zu früh die Straßenseite gewechselt hat, einen Anruf bekommt oder seinen Schal verliert – winzige Unpässlichkeiten, die einen Lebenslauf entscheiden. Darüber, ob man sich trifft oder ausweicht, sich kennenlernt oder fremd bleibt.*

Die vielen Menschen, an denen man vorbeigeht und weiß, man sieht sie nie wieder – die junge Frau in der Warteschlange, der Busfahrer an der Ampel, das Kind am Gartenzaun, man schaut und weiß: Es wird nur das eine Mal gewesen sein. Das wäre die Chance gewesen, jetzt hätte man den Blick erwidern, ein Wort wechseln können – vielleicht hätte das etwas bedeutet, vielleicht hätte man sich verstanden. Aber dann führt der Weg einen doch knapp aneinander vorbei.

Gar nicht leicht zu erklären, warum zwei zusammenkommen. Wie es sein kann, dass am Ende Namen von zweien auf einem Stein stehen, die am Anfang gar nichts voneinander wussten.

Keine Königin, kein Riese kann das alleine schaffen: zu zweit zu sein.

I.

DAS ZIMMER

ER LIEGT DA UND WEISS, es wird wieder nicht gehen. Der Schlaf wird nicht kommen. Er liegt auf dem Rücken, die Arme unter der Decke dicht am Körper, die Augen geschlossen. Er atmet nur durch die Nase und drückt dabei seine Fingerkuppen gegeneinander, Zeigefinger auf Daumen, Mittelfinger auf Daumen, Ringfinger auf Daumen, kleiner Finger auf Daumen. Erst die linke, dann die rechte Hand, immer im Wechsel. Zehnmal, dann ändert er die Reihenfolge. Er hofft, dass die Nerven sich so beruhigen lassen.

Helikopter kreisen über ihm – das Schlagen ihrer Rotorblätter ist bis in seine Dachkammer zu hören.

Er rollt sich auf die Seite. Legt die rechte Armbeuge so über den Kopf, dass sie ihm als Hörschutz dient. Für ein paar Minuten verharrt er regungslos und hört nur den rauschenden Schlag seines Pulses. Er faltet das Kissen, zieht die Knie an, spürt, wie er zu schwitzen beginnt.

Draußen klatscht der Regen gegen das Dach. Ohrfeigt die Ziegel, als wären sie ungehorsame Internatsjungen auf einem Schulhof. Mitten in der Nacht stehen sie im gleißenden Scheinwerferlicht in einer Reihe und warten, bis der Präfekt aus der Tür tritt, sich mit der

Hand über die glatt rasierte Wange fährt und dann langsam, sehr langsam an ihnen vorbeischreitet. Hin und her, vor und zurück. Plötzlich schlägt er mit der Rückseite seiner rechten Hand einem von ihnen ins Gesicht. Der Junge zuckt kurz zusammen, lässt die Gewalt aber sonst widerstandslos über sich ergehen. Wie der Ziegel den Regen.

Er liegt in seinem Zimmer. Sicher und geborgen. Nur ein paar Meter entfernt vom Geschehen draußen, von der Nässe, dem Unwetter, dem Lärm. Nur ein paar Meter …

Sind es nicht immer nur ein paar Meter? Nur ein paar Meter entfernt vom glücklichen Liebespaar torkelt ein Betrunkener und schlägt mit dem Gesicht auf den Asphalt. Nur ein paar Meter hinter der Wand, an die sich gerade eine Lachende lehnt, kauert ein verschuldeter Investor am Boden. Nur ein paar Meter weiter von dem hüpfenden Kleinkind sitzt eine einsame Frau. Nur ein paar Meter entfernt von der Limousine steht ein Junge unbeachtet am Straßenrand und lässt seine Bälle über Schultern und Arme laufen, macht kleine Drehungen, stellt sich auf ein Bein, jongliert weiter, wirft den Kopf nach hinten, schließt die Augen – nur ein paar Meter …

Der Regen wird heftiger. Er greift nach zwei kleinen Wachskügelchen, die auf seinem Nachttisch bereitliegen, und drückt sie tief in beide Ohrmuscheln. Aber die plötzlich einsetzende Stille macht ihn nur noch unruhiger.

Inzwischen geht es wahrscheinlich schon auf Mitternacht zu. Die Hoffnung auf den erholsamen Tiefschlaf hat er längst verloren. Seit zwei Stunden liegt er da und drückt sich selbst die Daumen, zählt rückwärts von siebenundneunzig. Ihm hilft die Vorstellung nicht, dass es unzähligen anderen gerade ebenso geht, dass auch sie schlaflos sind, ihre Bettdecken alle fünf Minuten umdrehen, Kräutertees kochen, den Verschluss der Rollos überprüfen, bevor sie sich wieder auf ihre Matratzen werfen und von einer beruhigenden Automatenstimme den richtigen Atemrhythmus vorgeben lassen.

»Eine Insel wird nicht weniger einsam dadurch, dass sie bewohnt ist« – den Satz, irgendwo auf einer Bahnhofstoilette gelesen, hat er sich eingeprägt.

Natürlich: Er könnte aufstehen, ans Dachfenster treten, vielleicht sogar kurz den Kopf hinausstrecken – aber wozu? Wäre das nicht nur die hilflose Wiederholung einer Bewegung, die er schon unzählige Male genauso ausgeführt hat?

Wie oft war er schon vom Bett aufgestanden und durch sein Zimmer gelaufen, wie oft hatte er schon seinen Blick auf dieselbe Stelle an der Decke geworfen: schräg links von der Lampe, dorthin, wo der Putz sich leicht verfärbt und das allgegenwärtige Weiß eine dunkle Trübung annimmt.

Der Gedanke an die Wiederkehr des Immergleichen bedrückt ihn. Dass es nichts Neues, nichts Unverhofftes in seinem Leben gibt. Dass Schubladen bei ihm immer geschlossen und Striche immer gerade gezogen sein müssen.

Wenn bislang in seinem Leben etwas Unvorhergesehenes geschehen war – ein Auffahrunfall etwa oder eine

Schlägerei auf der Straße –, legte er stets einen Schritt zu, damit schnell wieder alles wurde wie immer.

Stets tat er so, als ob das Plötzliche ihn nichts anginge. Als ob er Abweichungen von dem, was er erwartete, nicht beachten müsse. Wenn er nur stur genug nach vorne schaute, würde die alte Ordnung schon wieder auftauchen.

Jetzt liegt er da und starrt ins Dunkel.

Im Grunde gibt es in seinem Zimmer keinen Gang, keinen Griff, den er nicht genau so bereits hundertfach getan, keine Blicke, die er nicht genau so schon zigmal von einer in die andere Ecke geworfen hat. Die Wahrheit ist: Fast alles, was es in seiner Umgebung zu sehen gibt, hat er gesehen. Jede Fläche gefühlt, jede Unregelmäßigkeit auf dem Boden betastet. Er hat den Grundriss seines Zimmers Mal um Mal berechnet und seine Einrichtung bis ins kleinste Detail arrangiert: Rechts neben der Tür steht gleich das Bett. Am rechten Kopfende gibt es zwei Steckdosen, die er mit schwarzem Tape abgeklebt hat, aus Angst, er könnte sie im Schlaf versehentlich mit schweißnasser Hand berühren. Gegenüber dem Bett: ein hoher Holzschrank mit mehreren Regalen. Auf dem Weg dorthin rechts ein gurgelnder Heizkörper und eben das Fenster im Schrägdach, durch das hin und wieder Sterne zu sehen sind. Links, zwei Schritte von der Tür entfernt, ein Waschbecken. Daneben ein kleiner Hocker, um beim Rasieren den Fuß abzustellen.

Nichts in seiner Kammer steht einfach da oder liegt herum. Im Schrank warten die Kleidungsstücke in genau der Reihenfolge, in der er sie anzieht. Im obersten

Regal die Unterwäsche, dann die Socken, T-Shirts, Hemden, Hosen und Pullover. Die Verlässlichkeit der Gegenstände gibt ihm Halt. Wenn er sich nachts von einer Seite auf die andere dreht und dabei von einem Gedanken zum nächsten springt, dann beruhigt ihn die Vorstellung, dass die Dinge um ihn herum stillstehen und Wache halten.

≈

Plötzlich dringt ein leises Quietschen an sein Ohr. Erst vermutet er eine Tür irgendwo in der Ferne, die vom Wind auf- und zugeschoben wird, aber als das Geräusch nicht aufhören will, pult er sich die Wachskugeln heraus und hört genauer hin: Deutlich vernimmt er jetzt ein mehrstimmiges Maunzen, das ein paar Sekunden anhält, dann abbricht und nach kurzer Zeit von Neuem beginnt.

Die Katzen müssen in unmittelbarer Nähe sein.

Unwillig schiebt er seinen Körper nach links über die Matratze, stützt sich auf der Bettkante ab und wirft einen Blick auf seinen Wecker: Tatsächlich schon kurz nach zwölf.

Er sucht mit der Hand nach dem Lichtschalter, aber die Nachttischlampe versagt den Dienst. Ratlos greift er unter das Bett nach einer Taschenlampe.

Von der Anwältin, die ihm die Dachkammer vermietet, können die Katzen nicht kommen. Sie verabscheut Tiere. Sie hält Menschen, die ihre Nachmittage damit verbringen, Hundedecken zu säubern und Leckerlis vorzusortieren, für gestört. Nachbarn, die ihr bestürzt von einem entflogenen Wellensittich berichten, lacht sie aus, Klienten, die voller Stolz Fotos von ihren Terrarien zeigen, gibt sie gleich an Kollegen weiter. Sie, der die Zeit das kostbarste Gut ist, verachtet alle, die ihre Stunden mit Haustieren verschwenden – er hat den Satz in immer neuen Varianten von ihr gehört: »Tiere sind zum Essen da, nicht zum Streicheln.«

Das Maunzen draußen vor der Tür wird lauter. Bald schreien die Katzen nicht nur, sondern lassen auch ihre Krallen über den Holzboden fahren – ein Geräusch wie brüchige Fingernägel auf einer Kreidetafel.

Jetzt springen sie sogar dagegen: Eine nach der anderen nimmt Anlauf und wirft ihren Körper gegen das knackende Holz.

Er steht auf und geht ein paar unsichere Schritte in Richtung Tür. Wieder donnert ein Katzenkörper dagegen.

Im nächsten Moment sitzt er schon wieder auf seiner Bettkante und hält die Füße still. Seine Gedanken kreisen um die Anwältin. Für gewöhnlich arbeitet sie unten in ihrem Zimmer bis spät in die Nacht, kauert an ihrem Schreibtisch und wühlt sich durch die Akten. Gestört werden darf sie dabei nicht. Auch sonst ist sie kaum auf Begegnungen aus. Weder mit den Nachbarn noch mit ihm. Die wenigen Gespräche, die sie führen, drehen sich um praktische Fragen. Frühmorgens verlässt sie vor ihm das Haus, abends kommt sie lange nach ihm zurück.

Was jetzt vor seiner Tür vor sich geht, klingt so, als würde jemand mit einem Drahtbesen Schmutz zusammenkehren. Die ausgefahrenen Krallen der Katzen ratschen über den Boden. Die Schreie der Katzen sind Schreie aus Schmerz – so stellt er es sich vor. Seine Fantasie war immer schon lebendig. Zu lebendig, wie manche ihm vorwarfen …

Vor allem sein Vater hatte alles darangesetzt, seine Vorstellungskraft durch beharrliches Verweisen auf die realen Gegebenheiten einzuschüchtern. Fast alle Redewendungen, die er gebrauchte, dienten dazu, seine kühle Vernunft zu betonen: »Fakt ist Fakt!«, sagte er zum Beispiel gerne oder: »Man muss die Tatsachen im Blick behalten!« Er sagte das stets mit einer leichten Überheblichkeit in der Stimme und einem starren Blick, der allen möglichen Widerspruch gleich in die Schranken wies. Es war, als hätte er früher einmal die Folgen falscher Illusionen erlitten und sich fortan Träumereien jeder Art verboten. Als offensichtlichen Ausweis seiner Haltung hatte er stets eine altmodische Rätsel-Zeitschrift bei sich. Wo immer man ihn traf, suchte er gerade nach einem Wort oder kritzelte triumphierend ein paar letzte Buchstaben in leere Kästchen. Ihm kam es darauf an, zu zeigen, dass alle Rätsel dieser Welt lösbar seien und jede Rede von Unerklärlichem und Geheimem nur eine faule Ausrede wäre. Seine Weltanschauung fasste er stolz in dem angeblich selbst geprägten Merksatz zusammen: »Was keinen Begriff hat, muss man auch nicht begreifen!«

Von Berufs wegen handelte der Vater mit Teppichen und Gardinen. An einer Hauptverkehrsstraße in einem Vorort der Stadt hatten die Eltern einen Laden eröffnet, in der Hoffnung, dass die Pendler hier auf ihrem Heimweg Halt machen würden. Der Vater saß den ganzen Tag über in einem Hinterzimmer an der Nähmaschine und schielte auf eines der aufgeschlagenen Rätselhefte, die um ihn herumlagen. Immer wieder hielt er inne, nahm den Fuß vom Anlasser und den Bleistift vom Ohr, um ein letztes leeres Kästchen zu füllen oder hastig einen schon gewählten Begriff zu korrigieren. Er beteiligte sich nie an Gewinnspielen oder Verlosungen. Das Rätsellösen war ihm eine ernsthafte Aufgabe, eine notwendige Pflicht, um mehr Ordnung in die Welt zu bringen.

Währenddessen beugte sich die Mutter vorne im Laden lächelnd über einen langen Tisch und breitete darauf die Stoffe aus. Ihr ging die überhebliche Rationalität des Mannes auf die Nerven, denn sie glaubte sehr wohl an Sphären jenseits der Vernunft, an Zufälle und Wunder, an die Unendlichkeit des Alls etwa oder ein Leben nach dem Tod – aber viel Aufsehen machte sie darum nicht.

Immer, wenn Kundschaft durch die Tür kam, läutete eine helle Glocke, als wäre es Heiligabend, und die Mutter schloss kurz die Augen wie zur stillen Andacht.

Als kleiner Junge war er gerne über die schweren Teppichrollen geklettert, die an der Wand in einem sogenannten Paternosterregal eingelagert waren und mit Hilfe eines Elektromotors ohne körperliche Anstrengung jederzeit vor und zurück geholt werden konnten.

Er liebte den Duft der Stoffe, die von weit herkamen und frühmorgens aus großen Lkw-Bäuchen in ihren Laden getragen wurden wie schlafende Tiere aus einem

Zirkusanhänger. Wenn niemand hinsah, fuhr er mit seiner Hand über ihre Oberfläche und flüsterte mit ihnen.

Aber wenn der Vater das bemerkte, schüttelte er so unwillig den Kopf, dass der Sohn sofort die Hände sinken ließ und sich schamvoll von den Teppichen abwandte. Und dabei doch spürte, dass sich sein Inneres gegen die enge Weltsicht des Vaters sträubte. Dass seine Wahrnehmung weiter reichte.

Neben der Kasse stand eine gläserne Box mit Fruchtbonbons, aber einem so schweren Deckel, dass kein Griff hinein unbemerkt blieb. Oft stellte er sich als kleiner Junge vor, wie die bunten Süßigkeiten mit ihm sprachen, ihn zu sich einluden und zu einer Befreiungstat anstiften wollten. Aber dann spürte er doch wieder den stechenden Blick des Vaters in seinem Rücken und tat so, als würde er nur die Bonbons abzählen.

≈

Das Kratzen vor seiner Tür hat aufgehört. Er richtet sich auf und leuchtet mit der Taschenlampe in Richtung Tür. Nichts Auffälliges ist dort zu sehen. Das Holz scheint sich von den Angriffen zu erholen, ein paar Splitter sind zu Boden gefallen, hier und da tun sich Risse auf. Ansonsten aber: das bekannte Bild. Er ist mit der rauen Textur ihrer Oberfläche vertraut, denn seit einiger Zeit hat er es sich zur Gewohnheit gemacht, kurz über sie zu streichen, bevor er zur Türklinke greift – nur ein kleiner Gruß, nichts weiter.

In die plötzliche Stille hinein ist jetzt ein Fließen zu

hören, wie wenn Tee aus einer großen Kanne in eine zu tief gehaltene Tasse gegossen wird. Kurz darauf bemerkt er ein Rinnsal aus gelblichem Urin unter dem Türspalt.

Ein beißender Geruch steigt zu ihm auf. Er zieht sein T-Shirt über Mund und Nase, als ginge es darum, sich vor ausströmendem Gas zu schützen. Mit einem Ruck dreht er sich zurück, wirft die Beine nach rechts über die Matratze und schiebt seinen Körper zum Bettende hin. Von dort sind es noch genau 1,46 Meter bis zum Schrank.

Ekel überkommt ihn. Der scharfe Uringeruch verteilt sich im ganzen Zimmer. Was eben noch Rinnsal war, weitet sich jetzt zu einer raumgreifenden Pfütze aus.

Mit zwei Schritten steht er vor den Regalen und zieht nacheinander eine graue Stoffhose, einen roten Pullover und ein paar Wollsocken heraus und über seinen Körper. Hastig wirft er die Bettdecke über die Lache und läuft auf Zehenspitzen quer durch den Raum. Mit der Lampe leuchtet er noch einmal durch seine Kammer. Wie um Abschied zu nehmen, lässt er das Licht über die Wände und Heizkörper fahren, über den Fenstergriff, das Waschbecken, sein Bett, den Stuhl, die Kleiderhaken. Eine plötzliche Wehmut überkommt ihn.

Für einen kurzen Augenblick fasst er fester um den Schaft seiner Lampe. Dann wendet er sich zur Tür.

Bevor er das Zimmer verlässt, schließt er kurz die Augen. Versucht, sich auf das vorzubereiten, was jetzt kommt. In jedem Fall eine Ausnahme von der Regel. Etwas Ungewöhnliches. Vielleicht ein Ereignis, an das man sich später erinnern wird.

Mit einem Ruck zieht er die Tür auf, fest entschlossen, die Katzen zu vertreiben. Grell fällt das Licht seiner Taschenlampe ins Treppenhaus – aber keines der Tiere ist zu sehen. Stattdessen tut sich vor seinen Füßen ein haariges, von Staub und Dreck durchzogenes Geflecht auf. Ein langgezogenes Gewölle aus Katzenhaaren und Fellresten, eine wiederausgespiene Masse von Unverdaulichem. Im zittrigen Schein seiner Lampe wirkt das zusammengekratzte Mischmasch wie eine Welle, die sich langsam über den Boden schiebt.

Vorsichtig lässt er die rechte Hand sinken, um die fremde Substanz zu berühren. Langsam fährt er mit seinen Fingern durch die haarige Fläche, spürt die Wärme der Fellfetzen, spürt den körnigen Schmutz. Unwillkürlich ballt er seine Hand zur Faust und reißt ein Knäuel aus dem Geflecht heraus, lässt es kurz auf seinem Ballen ruhen wie einen wertvollen Fang und steckt es dann in seine rechte Hosentasche.

Für einen Augenblick verharrt er noch auf der Türschwelle, lässt seine Taschenlampe unschlüssig über die Dielen schweifen. Dann schreitet er über das Gewölle wie über einen wertvollen Teppich ins Treppenhaus.

≈

Er war aufgewachsen, ohne dass es jemand bemerkt hätte. Die frühen Jahre kamen und gingen, und er lief, so gut wie er konnte, mit ihnen mit. Als kleines Kind hatte er sich lange geweigert, in den aufrechten Gang zu kommen. Bis in sein drittes Lebensjahr krabbelte er auf allen vieren oder robbte nach vorne und zog die Beine hinter sich her. Wenn man ihn aufrecht hinstellte, etwa an den Ellenbogen hochzog oder gegen eine Sofaecke lehnte, schaute er verwundert, wackelte kurz mit den Hüften und ließ sich dann mit geschlossenen Augen wieder zurück auf den Hintern fallen. Niemandem gelang es, ihn zum Aufstehen zu überreden. Es war, als wollte er die Selbstständigkeit so lange wie möglich hinauszögern. Am Boden krabbelnd, nur hin und wieder staunende Blicke nach oben werfend, unterlief er so die gewöhnlichen Gesetze des Fortschritts.

Man versuchte alles mit ihm: Der Vater spannte ihn in ein Laufgeschirr und zwang ihn hinter die Haltegriffe von Lauflernwägen, aber er wollte einfach nicht auf seinen eigenen zwei Beinen stehen. Die Nachbarn legten bald schon die Stirn in Falten, weil sie vermuteten, das Kind leide an Muskelschwund oder sei sonstwie behindert. Seine Mutter vereinbarte Termine bei Physiotherapeuten und Osteopathen, gab ihm Globuli und Vitamine, aber nichts wollte helfen. Schon gar nicht die Begegnung mit anderen Kleinzweibeinern. Er blieb am Boden. In seiner Welt.

Mit der Zeit entwickelte er eine faszinierende Geschicklichkeit beim Krabbeln, war meist schneller am Ziel als seine tapsenden Altersgenossen und gelangte so an Orte, die den anderen verborgen blieben. Sah Dinge, die niemand sonst sah. Seine Blicke unter Schuhschränke oder Heizungskörper fingen Bilder ein, die geheim und nicht zum Anschauen bestimmt waren. Wie etwa ein paar Staubfäden innig umschlungen miteinander Tango tanzten, zwei verrostete Hundemarken ihre Nummern austauschten oder eine Gruppe alter Kieselsteine über Landkarten gebeugt geheime Reisepläne entwarf.

Alles, was er sah, sog er ein, ohne nach der Bedeutung zu fragen. Seine Sinne nahmen die Eindrücke auf und verschoben ihre Beurteilung auf später. Und wenn seine Mutter ihm abends das Lied vom aufgegangenen Mond vorsang, von »manchen Sachen, die wir getrost belachen / weil unsere Augen sie nicht sehen«, dann fühlte er sich still im Recht.

Seine ersten Schritte machte er nachts allein, im Stockdunkeln. Heimlich krabbelte er in die Waschküche und zog sich am Trockner hoch. Kaum stand er auf seinen eigenen zwei Beinen, spürte er die Verantwortung kalt in seine Glieder schießen. Keine Zeit blieb jetzt mehr zum Staunen. Er stand, als wäre er nie gekrabbelt, und blickte nach unten, als hätte er nie nach oben geschaut.

Ein paar Tage später wurde er von seinen erleichterten Eltern eingeschult und die Suche nach den richtigen Begriffen begann.

Als Schüler verhielt er sich still und zurückhaltend. Er lächelte nur, wenn jemand anderes lächelte, wiederholte, wenn einer etwas sagte, leise die Satzenden des Gegenübers, wie um die schnell ausgesprochenen Worte so für sein langsameres Verständnis zu sichern. Ein Tick, der ihm bei seinen Mitschülern den Spitznamen »Endmoräne« einbrachte und den er erst spät ablegte. Vor allem bei regelmäßigen Lautsprecherdurchsagen in Schwimmbädern oder in Fernzügen ging das seinen Nachbarn auf die Nerven. Es war wie bei anderen das Stottern: eine Art Schutzmechanismus, um sich der Welt bei ihrer Beschreibung vorsichtiger zu nähern.

Während der Schulpausen saß er oft bei den Rauchern in ihrer Ecke und sog deren Qualm ein.

Die Lehrer beachteten ihn wenig, bei Elternabenden fiel sein Name nie.

Mit einem Jungen aus der Nachbarklasse versuchte er zum ersten Mal so etwas wie Freundschaft. Florian hieß er und hatte von Geburt an ein halbseitig gelähmtes Gesicht. Die anderen machten sich einen Spaß daraus und schnipsten ihm an die gefühllose Backe. Erst wenn Florian ihr Gelächter hörte, fuhr er verstört herum und hielt sich verspätet die Hand zum Schutz vors Gesicht. Als Florian sich zu rasieren begann, blieben auf der gelähmten Seite immer ein paar Stoppeln stehen. Und manchmal bemerkte er auch nicht, dass ihm ein Speichelfaden aus dem Mundwinkel hing. Trotz seiner Behinderung hatte sich Florian einen stillen Trotz bewahrt und begegnete allen Schikanen mit geradezu provozierender Gelassenheit.

Als Vorbild diente ihm dabei ein junges Mädchen, von dem ihm seine Tante oft erzählt hatte. Dessen Gesicht nach einer schweren Verbrennung so verunstaltet war, dass niemand es anschauen mochte. Und doch schminkte sich das Mädchen jeden Morgen, stand sie, wenn die Sonne aufging, am Fenster und malte sich ihre Lippen rot an.

Die ganze Schulzeit über fuhren die beiden Jungs gemeinsam zur Schule. Morgens bemühten sie sich darum, denselben Zug zu nehmen. Manchmal, wenn sie zu früh am Bahnsteig standen, ließen sie zwei oder sogar drei Züge aus, nur um dann die paar Stationen gemeinsam zu fahren. Sie taten das, ohne viel zu reden. Oft gänzlich schweigend, saßen sie einander gegenüber und genossen still ihr Zusammensein.

Nach Schulschluss trafen sie sich wieder. Liefen nebeneinander zum Bäcker an der Ecke. Da gab es am Nachmittag Rosinenschnecken zum halben Preis. Jedes Mal begegneten sie einander aufs Neue mit Misstrauen. Hatten Sorge, ob die mit den anderen verbrachten Stunden nicht etwas an ihrer Freundschaft verändert, ob ein falsches Gerücht, eine abfällige Rede ihr Verhältnis beschädigt haben könnte. Es brauchte meist genau diese Strecke zum Bäcker, bis sich ihre Blicke wieder trafen, sie ein paar Worte miteinander wechselten und darauf vertrauen konnten: Er ist noch er.

Irgendwann begannen sie, sich zu grüßen wie die Gladiatoren im alten Rom. Nicht mit einem oberflächlichen Handschlag, sondern mit jenem verbindlichen Griff an den Unterarm, der dabei prüfte, ob das Gegenüber nicht doch einen Dolch im Ärmel trug.

Ihre Freundschaft bestand zu einem großem Teil aus Gesten der Treue und des Misstrauens. Der eine wie der andere verlangte unermüdlich nach Zeichen ihrer Freundschaft, weil sie ihre Bindung nicht angemessen in Worte fassen konnten.

Nachmittags in der Bahn saßen sie einander wieder schweigend gegenüber und fuhren die paar Stationen zusammen – und er, der früher aussteigen musste, rannte die Treppen des Bahnhofs nach oben auf die Fußgängerbrücke, um von dort dem unten vorbeifahrenden Freund zu winken. Und Florian, am kleinen Zugfenster sitzend, hob ebenfalls kurz die Hand.

Nach dem Schulabschluss verloren sie sich bald aus den Augen. Am Anfang telefonierten sie noch ab und zu, aber ihre Treuesucht hielt die Entfernung nicht aus. Florian ging in eine andere Stadt zum Studieren. Er, die »Endmoräne«, blieb im elterlichen Laden und räumte die angelieferten Stoffe ein.

Nur hin und wieder, wenn ein Paket oder eine Teppichrolle seinen Unterarm streifte, dachte er an ihre besondere Begrüßung, den Griff, der sie band. Dachte an die vielen Viertelstunden, die er frühmorgens auf dem Bahngleis gewartet hatte, um zu Florian ins Abteil zu steigen – empfangen vom leisen Gewirr der Stimmen, dem warmen Dunst der verschlafenen Körper – und sich dann zu ihm zu setzen, für alle sichtbar, ohne Scham, ohne Zweifel: zu seinem besten Freund.

≈

In der ersten Etage wohnt die Anwältin. Für gewöhnlich läuft er die Wendeltreppe weiter, ohne sich aufzuhalten. Nie wäre er auf die Idee gekommen, ihre Räume heimlich zu betreten, sie auszuspionieren oder seine Ordnung mit ihrer zu vergleichen.

Das hier ist eine Ausnahme. Jetzt gelten die alten Regeln nicht. Mit der Fußspitze stößt er ihre Türen sacht auf und lässt Licht in ihre Räume fallen. Er wirft verstohlene Blicke in ihr Bad und ihr Arbeitszimmer, geht an einem langen Schreibtisch entlang, fährt mit der Handfläche über Aktenordner, prüft ihre Kopfhörer – alles ist ruhig.

Im Schlafzimmer liegt die blaue Tagesdecke so straff und streng über dem Bettzeug wie ein feierliches Bahrtuch auf einem übergroßen Sarg.

Tatsächlich herrscht eine Stille in den Zimmern, als wenn sie für immer verlassen worden wären. Eine Stimmung wie nach einem nächtlichen Todesfall, wenn das Kind am Tag danach zum ersten Mal wieder in den Raum kommt, in dem der Vater gestorben ist – die Szene kommt ihm jetzt schlagartig wieder in den Sinn: Wie er an einem späten Herbsttag vor ein paar Monaten allein in der kleinen Wohnung seines Vaters stand. Auch so eine unangekündigte Ausnahme. Die Nachbarn von unten hatten ihn angerufen, weil sie schon seit Tagen keinen Laut mehr über sich gehört hatten. Er ließ im Laden alles stehen und liegen, fuhr hin, klopfte und brüllte. Schließlich holte er die Feuerwehr, die gleich die Wohnungstür aufbrach und ins Badezimmer stürzte.

Den erschrockenen Blick, den einer der Männer ihm über die Schulter zuwarf, kann er seitdem nicht mehr vergessen. Zwei andere Beamte traten dann schnell auf ihn zu und schoben ihn behutsam in die Küche, damit er nicht mitansehen musste, wie sie den Vater, schon ganz blau und aufgedunsen, aus dem Badewasser hoben und den Föhn, der am Wannengrund lag, in einen schwarzen Plastikbeutel verschwinden ließen.

Ein paar Wochen zuvor – so erfuhr er später – hatte ein unvorsichtiger Hausarzt dem Vater eine beginnende Demenz bescheinigt. Das war für ihn der schlimmste Schlag. Wie sollte er ohne Gedächtnis all die Rätsel lösen, wie die richtigen Buchstaben finden für die vielen leeren Kästchen – voller Verzweiflung war er in die Badewanne gestiegen und hatte den Föhn angestellt.

Der Vater hinterließ keinen Abschiedsbrief. Nur eine leere Wohnung, in die der Sohn allein zurückkehren musste. Dorthin, wo die Schublade mit den Teebeuteln noch offen stand, die Spülmaschine mit schmutzigem Geschirr halb voll war und das monatliche Rätselheft mit den ersten ausgefüllten Seiten aufgeschlagen neben dem Brillenetui lag. Und alles, jeder Obstkorb, jedes Bierglas, jede Plastiktüte ihn so vorwurfsvoll anschwieg, als sei er der eigentliche Mörder.

An diesen Augenblick erinnert er sich jetzt, im leeren Schlafzimmer der Anwältin. Auch hier wirkt alles, als wäre vor Kurzem jemand gestorben. Als hielten die Wände Totenwache, als sei eben erst die letzte Kerze verloschen.

Hier gibt es nichts zu erfahren, nichts zu begreifen. Er spürt einen Widerstand, der von den Dingen ausgeht, etwas, das ihn abweist und zum Eindringling erklärt. Es ist, als ob die Räume ihn vorwurfsvoll anschweigen, weil er zu spät gekommen ist. Nicht verhindert hat, was hier vielleicht geschehen ist. Eine Entführung? Eine Flucht? Mit Absicht scheinen die Wände ihn darüber im Zweifel zu lassen, was sich vor ihren Augen abgespielt hat.

Er dreht sich um, läuft aus dem Schlafzimmer durchs Büro zurück ins Treppenhaus und hastet die Stufen hinab. Einer letzten Windung folgend, kommt er unten auf dem Sockel an. Und starrt mit aufgerissenen Augen ins Entree.

Der ganze Eingangsbereich des Hauses steht unter Wasser. Wo vorher gepflegtes Parkett war, ist jetzt eine einzige flüssige Fläche, in der eine Winterjacke und die Golftasche der Anwältin herumtreiben. Reste einer ehemals stattlichen Garderobe, Hüte, Schals, Mäntel, Regencapes, Handschuhe – die Kleidungsstücke wirken wie Hinterlassenschaften eines Leichenfledderers, der seiner Gier freien Lauf gelassen hat. Leise schwappt das Wasser an den Treppenfuß.

Kurz überkommt ihn das Bedürfnis umzukehren. Die Treppen zurück nach oben zu rennen, sich in seiner Kammer zu verschanzen von dort könnte er die Katastrophe vielleicht einfach vorbeiziehen lassen …

Aber dann erinnert er sich an die Katzen, den stechenden Uringeruch, das Gewölle, die Holzsplitter aus seiner Tür.

Unentschlossen tritt er von einem Fuß auf den anderen und sucht nach einem Anlass, um vorwärts zu gehen. Beim schweifenden Blick über das Wasser scheint ihm auf einmal, als ob auf dessen Oberfläche ein bläulicher Lichtschimmer zu sehen wäre.

≈

Die Arbeit im Laden war ihm nie schwergefallen. Auch wenn er nicht so geschickt an der Nähmaschine war wie sein Vater und die Kundschaft nicht so zuvorkommend behandelte wie seine Mutter, führte er die Geschäfte ohne große Schwierigkeiten fort. Alle zwölf Wochen gestaltete er das Schaufenster neu, wechselte die Gardinenstoffe und platzierte andere Requisiten auf dem ausgestellten Teppich: je nach Jahreszeit etwa einen vergilbten Sonnenschirm, ein paar künstliche Osterglocken oder einen morschen Weihnachtsschlitten. Neue Kunden gewann er dadurch nicht. Die meisten, die kamen, ließen sich irgendeine Kleinigkeit reparieren. Sie erkundigten sich beiläufig nach seinen Eltern, griffen beherzt in die Bonbonbox und ließen sich von ihm eine abgerissene Gardinenöse annähen oder einen Rotweinfleck aus dem Teppich waschen.

Größere Verkäufe blieben die Ausnahme. Immer öfter sagte er daher den Handelsvertretern, die ihm neue Ware anbieten wollten, ab. Er konnte sie sowieso nicht leiden – diese ungeraden Typen, die nicht einmal versuchten, das Absichtsvolle ihrer Freundlichkeit zu verbergen. Die nachmittags in ihren verrauchten Dienstwägen vorfuhren, sich nach dem Aussteigen den Gürtel über dem hervorquellenden Bauch zurechtzogen, ihren Schleim aus der Kehle spien und in seinen Laden traten, als besuchten sie einen Schnellimbiss. Er hasste ihre immer gleich klingenden, scheinheiligen Erkundigungen nach dem allgemeinen Befinden, die in Wahrheit nur seine geschäftlichen Bilanzen meinten. Hasste die penetrant beiläufige Art, in der sie auf ihre neueste Ware zu sprechen kamen, nicht, um bei ihm dafür zu werben, natürlich nicht, sondern nur, um davon zu erzählen, wie viel sie in anderen Geschäften davon schon erfolgreich verkauft hätten. Sie nutzten seine Schweigsamkeit aus und redeten und redeten und tranken dabei Kaffee aus seinen Lieblingstassen und benutzten das Bad und sein Händehandtuch. Später kratzten sie sich zwischen den Beinen und öffneten ihre Hemdknöpfe und kamen sogar noch auf die politische Lage zu sprechen.

Er stand stets reglos daneben und verachtete sie still. Sie und ihre ausladenden Gesten, die keinen Zweifel kannten, sondern bloß der trivialen Unterstreichung des Dahingesagten dienten. Später ärgerte er sich darüber, dass er ihnen so lange zugehört und beim Abschied auch noch die Tür aufgehalten hatte.

Er war froh, als sich herumsprach, dass seine Verkaufsbilanzen immer schlechter wurden und ein Vertreter nach dem anderen das Interesse an ihm verlor.

Aber als endlich alle alten fort waren, tauchte plötzlich eine neue auf.

An einem regnerischen Vormittag stand sie in seinem Laden, das Gesicht halb unter dem Regencape verborgen, die tropfenden Hände nach vorne gestreckt, als liefe ihr eine klebrige Flüssigkeit die Finger entlang, fragte sie etwas zu laut, ob sie sich kurz unterstellen dürfe.

Eine junge Frau, nicht älter als er selbst, mit kurzen braunen Haaren und einem roten Rollkragenkleid aus Wolle.

Eine von denen, die genau wissen, was sie tun und wer sie sind. Nicht aus Hochmut, sondern weil sie daran gewöhnt sind, auf andere zu wirken. Eine Ausstrahlung zu besitzen. Besonders zu sein.

An jenem Regentag hatte sie sich mit dem Rücken gegen die Teppichrollen gelehnt und ihr Cape zum Abtropfen über einen verstaubten Garderobenständer geworfen. Ihre kurzen Haare trocknete sie, indem sie sich mit beiden Händen schnell über den Kopf fuhr, ihn vor- und zurückwarf, ohne dabei den Stand zu verlieren.

Gebannt blieb er hinter seiner Theke stehen. Ihm fiel nicht ein, ihr ein Handtuch zu holen. Staunend betrachtete er sie wie eine bruchgelandete Fallschirmspringerin.

Ins Gespräch miteinander kamen sie nicht. Auch nicht, als sie auf einmal, wie nebenbei, von schönen Teppichen aus Portugal erzählte. Von samtweichen Stoffen und großer Farbenvielfalt. Kunden von deren Qualität zu überzeugen, sei ungefähr so leicht, wie Menschen für Rotweine aus Rumänien zu begeistern, rief sie lachend, da müsse man oft ganz von vorne anfangen.

Wie ein eingeschüchtertes Kind hörte er ihr zu, beobachtete gespannt, wie sie beim Lachen den Kopf in den Nacken warf und beide Fußspitzen leicht vom Boden abhob. Er stand da, hielt sich mit beiden Händen an seiner Theke fest und hoffte, dass sie ihn auch einmal etwas fragen würde.

Aber die Vertreterin machte nur eine launige Bemerkung nach der anderen, erzählte Anekdoten, redete übers Wetter und über ihren gerade abgeschlossenen Umzug in die Innenstadt – eine kleine Wohnung im Dachgeschoss, gleich hinter der Kirche.

Dann zog sie ihre Hacken abwechselnd gegen den Po, dehnte ihre Oberschenkel ein wenig, ließ ihre Finger über die farbigen Gardinenstoffe fahren und zog sich letzte Regentropfen vom Ohrläppchen.

Er brachte kein einziges Wort über die Lippen. Regungslos stand er da und hoffte sehr, dass sie für immer in seinem Laden bliebe. Oder zumindest so lange, bis er eine passende Anrede für sie gefunden hätte.

Ihr waches Gesicht mit dem Leberfleck an der linken Wange wirkte offen und neugierig. Es schien in jeder Sekunde etwas Neues zu erwarten. Aber von ihm kam nichts. Dabei fehlte ihm nur ein Wort. Ein einziges, eigenes Wort ...

Er fand keines. Und als er ihr endlich eine Tasse Kaffee anbieten wollte, war sie eben schon ans Fenster getreten, hatte den Regen nachlassen sehen, sich ihr Cape vom Ständer gelupft und war lachend durch die Tür nach draußen getreten, ohne sich noch einmal nach ihm umzuschauen.

Kaum war sie fort, fühlte der Verkäufer den heftigen Widerspruch der Zweisamkeit: Solange sie bei ihm gewesen war, hatte er ihr Zusammensein für gegeben hingenommen, für unangreifbar und endgültig. Aber von dem Moment an, als sie durch die Tür trat und fort war, quälte ihn die furchtbare Vorstellung, sie nie wiederzusehen.

Schon am nächsten Morgen sprang er über seinen Schatten und telefonierte der Vertreterin hinterher. Er fragte sich durch, führte vorgeschobene Gespräche, bis er schließlich ihre Nummer herausfand.

Sie schien sich über seinen Anruf zu freuen, obwohl sie ihn zunächst gar nicht wiedererkannte. Aber als der Verkäufer dann mit leiser Stimme vorsichtig einen portugiesischen Teppich bei ihr bestellte, jauchzte sie auf und redete wieder genauso wild drauflos wie am Vortag.

Die Vertreterin erzählte ihm, dass sie gerade auf einem Balkon stünde, weil sie Balkone nämlich sehr liebe, vor allem leere Balkone, auf denen keine Gartenmöbel den Weg versperrten, kein Hausgrill oder Katzenklo abgestellt sei, sondern die offen und frei zum Hinaustreten einlüden, dass sie Balkone hasse, auf denen dicht gedrängt Menschen stünden, die, Sektgläser in der Hand, nervös über Witze lachten, die rauchten, obwohl sie es sonst nicht taten, auf Sterne zeigend, die sie nicht kannten – das sei doch wirklich furchtbar. Und er stimmte ihr zu. Und holte tief Luft. Und wollte auch noch etwas sagen.

Aber da redete sie schon über die Konditionen und das Zeitfenster der morgigen Anlieferung, dankte von Herzen und legte auf.

Den ganzen darauffolgenden Nachmittag blinzelte der Verkäufer von seiner Nähmaschine aus zum Fenster, um ja nicht den Augenblick zu verpassen, in dem das rote Rollkragenkleid wieder auftauchte. Diesmal wollte er ihr die Tür aufhalten, gleich einen Kaffee anbieten und ihr auch von sich und seinen Dingen erzählen. Die wertvollsten Teppiche ganz oben wollte er ihr zeigen und vielleicht auch den Hof hinten, wo er aufgewachsen war. Im Bad hatte der Verkäufer ein frisches Handtuch über den Waschbeckenrand gelegt. Für die Theke extra einen Bund teurer Blumen gekauft.

Aber als dann am frühen Abend endlich ein kleiner Pick-up vorfuhr, sprang nur ein Kurierbote in zerschlissener Jeans aus dem Fahrerhäuschen und legte ihm keuchend die feine portugiesische Wollrolle in die Arme.

Das Telefon der Vertreterin war fortan immer besetzt. Irgendein Fehler in der Leitung, der die Verbindung blockierte. Der Verkäufer ließ es trotzdem stundenlang läuten, wählte und wählte stets aufs Neue dieselbe Zahlenfolge. Aber er kam nicht mehr zu ihr durch.

Nur schwer fand er sich damit ab, dass das alles zwischen ihnen gewesen sein sollte: eine halbe Stunde im Laden und zehn Minuten am Telefon.

Von nun an dachte er oft an sie. An ihre kurze Begegnung. Ihr lautes Lachen. Ihr leichtes Wippen. Ihre schnelle Rede. Er wusste genau, wo die Vertreterin in seinem Laden gestanden, wie sie sich bewegt, was sie berührt hatte. In seinem Kopf rekonstruierte er die kurze Zeit ihrer Anwesenheit bis ins kleinste Detail, stellte sich die Szene immer wieder vor. Nur brachte er dieses Mal eben gleich ein Tuch zum Trocknen. Trat neben sie, beugte sich nach vorne und roch an ihren regennassen Haaren. Dort, wo ihre Finger über den Gardinenstoff gefahren waren, ließ der Verkäufer auch seine Hand laufen, da, wo sie durchs Fenster geschaut hatte, schaute auch er hinaus.

In Gedanken begegnete er ihr immer wieder aufs Neue, entwarf verschiedene Varianten der Begrüßung, des Gesprächs, ihres Kennenlernens. Immer waren sie bei diesen Szenen allein. Nie gab es andere Menschen um sie herum, niemanden, der zuschaute, mithörte, konkurrierte. Nur sie und er. Verbündete in einer Welt, in der alle anderen gerade fort waren.

≈

Als er die Tür zum überfluteten Wohnzimmer aufschiebt, sieht er einen Teppich im Entree schwimmen. Keinen Portugieser natürlich, sondern einen Perser – mittlere Preisklasse, keine besondere Knüpfqualität. Ungefähr einen halben Meter, kniehoch steht das Wasser im Zimmer. Die Heizkörper prusten wie Ertrinkende. Nur noch die schwere Couch in der Mitte des Raumes hat Boden unter den Füßen. Alles andere – halbvolle Weinflaschen, Zeitungspapier, Kissen – schwimmt als Treibgut hilfesuchend um sie herum.

Es herrscht eine Atmosphäre wie nach einem Schiffsuntergang. Nur die verzweifelten Schreie fehlen. Und die mutige Bordkapelle, die bis zum Schluss musiziert, um die in Panik geratenen Passagiere mit melodischen Kaffeehausklängen zu beruhigen.

Zuckende Fernsehbilder erhellen den Raum. Wie von Zauberhand flimmert der Bildschirm, obwohl sonst überall der Strom ausgefallen ist – ohne zu ruckeln überträgt er Werbeaufnahmen von weißen Stränden und üppig dekorierten Cocktailgläsern in das überflutete Zimmer: Ein junges Paar umarmt sich bei Sonnenuntergang, Paviane tollen wild in einem Bällebad herum, zwei Rentnerfreunde spielen unter einem Sonnenschirm Karten – Szenen eines unerschütterlichen Ferienfrohsinns. Immer wenn innerhalb der Dauerwerbesendung eine Sequenz endet, erklingt aus dem Hintergrund eine Fanfare und Applaus brandet auf.

Mit seiner Taschenlampe wandert er von einem Gegenstand zum nächsten, vorsichtig, fast schon befangen, wie man ja auch Toten nur kurz ins Gesicht leuchtet, um sie, die jetzt wehrlos sind, nicht zu quälen.

Als er seine Runde beendet hat, wendet er sich enttäuscht ab. Auch diese Wände wollen ihm nichts sagen. Auch diese Dinge stellen sich stumm.

Immer stärker wird sein Drang, das Haus zu verlassen. Wegzukommen von diesen Mauern, die jede Aussage verweigern, die keine Erklärung abgeben wollen über das, was hier geschehen ist.

Mit dem Rücken schiebt er die Tür auf und läuft in die gegenüberliegende Küche. Im tauenden Kühlschrank bekommt er ein Stück Butter zu fassen. Mit einem Satz zieht er sich auf die Anrichte links daneben und lässt die Beine baumeln. Die Butter hat sich noch einen Rest von ihrer gewohnten Konsistenz bewahrt. Vorsichtig beißt er in sie hinein und lässt das nicht mehr ganz harte, aber auch noch nicht völlig aufgeweichte Stück langsam in seinem Mund schmelzen.

Er spürt, wie das flüssige Fett sich mit seinem Speichel mischt und gegen den Gaumen quillt. Drei-, viermal beißt er von dem Butterstück ab und lehnt sich mit geschlossenen Augen gegen die metallene Seitenwand des Kühlschranks.

Seine Gedanken springen vor und zurück, suchen kurz Halt bei einem Bild, springen dann gleich weiter zum nächsten: das Gewölle vor seiner Tür, das straff bezogene Bett der Anwältin, die zuckenden Fernsehbilder, der hämmernde Regen, die Erinnerungen an seinen aufgedunsenen Vater in der Badewanne – aussichtslos, das alles in eine Ordnung zu bringen.

Ein paar Minuten verharrt er noch in der überschwemmten Küche. Sitzt reglos neben dem Kühlschrank, aus dessen Eisfach es unaufhörlich tropft. Aus dem Wohnzimmer tönt die Fanfare wie ein Nebelhorn, das durch die Nacht dröhnt, um Schiffe vor einer Kollision zu bewahren.

Sein Blick fällt auf die Taschenlampe. Treu liegt sie auf seinem Schoß und leuchtet geduldig vor sich hin. Erst streicht er ihr sanft über den rauen Rücken, dann gibt er ihr auch etwas von der Butter zu kosten. Behutsam hält er den Gegenstand nah an das angewärmte Fettstück heran und trägt mit dem Zeigefinger eine kleine Schicht auf die durchsichtige Scheibe vor der Glühbirne. Im warmen Glanz ihres strahlenden Lichts schmilzt die dünne Butterschicht schnell. Und für einen Moment kommt es ihm vor, als würde ihr Leuchten dadurch ein wenig stärker.

≈

Eine innige Liebesbeziehung war das, was seine Eltern miteinander gehabt hatten, nie gewesen. Viel eher beruhte ihre Bindung auf der Genugtuung über den Zufall ihrer ersten Begegnung. Kennengelernt hatten sie sich beim Erste-Hilfe-Kurs vor der Führerscheinprüfung. »Bei der Herzmassage«, hätten andere im Rückblick augenzwinkernd geflüstert, sie sagten trocken: »Beim Rausgehen.«

Der Vater stand damals kurz vor dem Abschluss seiner Ausbildung zum Raumausstatter und wollte sich selbstständig machen. Die Mutter war neu in der Stadt und auf der Suche nach Arbeit. Als sie die praktische Fahrprüfung bestanden hatten, kaufte er eine kleine Flasche Sekt und fragte ohne große Umschweife, ob sie nicht seine Geschäftspartnerin werden wolle.

Bei ihren gemeinsamen Erkundungstouren durch die Vororte der Stadt hatte sie aus dem Beifahrerfenster einen kleinen leerstehenden Laden an einer Ausfahrtstraße entdeckt. Dort eröffneten sie ihr Geschäft und zogen bald auch zusammen in die kleine Wohnung im Stockwerk drüber.

Zuerst verkauften sie nur Gardinen und Vorhänge, später kamen auch Teppiche und Vorleger dazu. Die Arbeit teilten sie untereinander auf, er saß an der Nähmaschine und bestellte die Ware, sie gestaltete das Schaufenster und sprach mit den Kunden. Abends saßen sie am Esstisch und beredeten, was am nächsten Tag zu tun war.

Näher kamen sie einander nicht. Ihr Zusammensein hatte vor allem einen geschäftlichen Grund – dass sie hin und wieder auch miteinander schliefen, spielte eine untergeordnete Rolle. Das Kind bekamen sie mehr oder weniger absichtslos.

Bald schon erkannten sie, wie gegensätzlich sie waren.

Der Vater behandelte seine Probleme – egal ob in der Geschäftsführung oder bei der Kindererziehung – wie die Leerstellen in seinen Kreuzworträtseln: Für jede offene Frage musste es genau eine passende Antwort geben. Die Mutter wiederum lebte von einem Augenblick auf den anderen und kam auf Lösungen oft ganz nebenbei.

Eine Zeitlang hielt sie es aus, brachte den Jungen morgens mit dem Fahrrad zum Kindergarten und ließ ihm abends warmes Wasser in die Badewanne ein. Sie nähte ihm Engelsflügel, kochte Milchreis und strich beim Spazierengehen sanft über seinen Hinterkopf.

Die kleine Wohnung über dem Laden hielt sie durch ihre quirlige Unordnung lebendig, während der Vater ständig irgendetwas aussortierte und einräumte, verpackte oder zusammenband.

Zu größeren Streitereien kam es nicht. Stattdessen wurde ihr Umgang immer kühler, bis sie einander irgendwann nur noch mit einem kurz angebundenen »Hallo« begrüßten.

Kurz nachdem er volljährig geworden war, sprang die Mutter eines Nachts in das Auto ihres langjährigen Liebhabers und kam nie wieder zurück.

Ob sie in ein anderes Land fuhr oder nur die Stadt wechselte, wusste niemand. Schon gar nicht der Vater. Entrüstet über die jähe Flucht seiner Frau, ihren brachialen Verstoß gegen alle Ordnungsregeln, wurde er noch verschlossener. Statt mit seinem Sohn zu reden, arbeitete er immer verbissener. Bis tief in die Nacht saß er in seinem Laden und nähte und rätselte. Auf den freien Flächen lagen von nun an keine Dinge mehr lose herum.

Immer penibler sortierte der Vater den Warenbestand, immer übersichtlicher gestaltete er die Regale – und doch verkaufte er fast nichts mehr. Es stellte sich heraus, dass die Leute vor allem wegen der lächelnden Frau in den Laden gekommen waren. Weil sie es mochten, von ihr bedient zu werden oder sie einfach nur anzuschauen. Sie war der heimliche Anziehungspunkt gewesen. So heimlich, dass weder ihr Mann noch ihr Sohn es je bemerkt hatten.

Jetzt blieben die Kunden weg und das Lager füllte sich. Der Sohn stand hilflos dabei und versuchte, die Fassung zu wahren. Zwar machte er für das Verschwinden der Mutter insgeheim seinen Vater verantwortlich, aber verlassen hatte ja sie ihn und nicht er sie.

Nach ein paar Monaten gab der Vater auf. Ließ alles stehen und liegen und zog in ein anderes Viertel der Stadt. Ohne sich groß zu erklären, überschrieb er den Laden an seinen Sohn. Die Nähmaschine, das Funkradio, die Musterkataloge – all das blieb zurück. Nur seine alten Rätselhefte ließ er wenig später abholen.

So stand der gerade erst volljährig gewordene Sohn von einem Tag auf den anderen hinter der Theke und führte die Geschäfte fort. Er empfand das weder als Last noch als Ehre – im Gegenteil trat er fast gleichgültig in die Fußstapfen seiner Eltern. Als der Vater auch die Wohnung kündigte, las er irgendwo im Vorübergehen die Annonce der Anwältin und zog ohne zu zögern in ihre Dachkammer um.

Die erste Zeit im Laden verbrachte er damit, sich die nötigen Techniken beizubringen. Er lernte das Nähen mit der Maschine, er lernte das Lächeln beim Verkauf. Er lernte das Telefonieren mit den Vertretern, die Katalogisierung der gelieferten Stoffe, den Kassensturz am Monatsende.

Abends saß er mit geschlossenen Augen in seiner Dachkammer und ordnete die wenigen Erlebnisse des Tages. Damit war er schnell durch. Danach versuchte er, all das flüchtig Aufgefasste im Rückblick noch einmal mit ganzer Kraft wahrzunehmen. Sich einzuprägen, was er im Vorüber nur nebenbei gestreift hatte. Er sah den Wind in einem offenen Fenster durch die Gardinen wehen. Sah die Ameisenkolonne über den Fußboden krabbeln. Sah die abfällige Handbewegung eines Kunden. Sah den kochenden Topf in der Küche.

Manchmal stellte er sich vor, was die Dinge wohl dabei fühlten, wenn sie verweht, überrannt oder erhitzt wurden. Er malte sich aus, dass sie versucht hätten, mit ihm zu reden, aber kein Gehör fanden. Dass ihre leisen Stimmen untergingen im allgemeinen Getöse.

Dann holte er nach, was er tagsüber versäumt hatte, und sprach mit ihnen, ohne die Lippen zu bewegen. Er stellte ihnen vorsichtig Fragen und erträumte sich ihre Antworten. Er wurde ganz ruhig in diesen Momenten, horchte in die Stille seines Zimmers hinein und ließ sich langsam aus der Gegenwart hinaustreiben. Vor dem Schlafengehen nahm der Verkäufer sich jedes Mal vor, in Zukunft besser hinzuhören. Aber dann kam der nächste Morgen und alles war wieder wie immer: Die Dinge schwiegen und er verlor die Geduld.

≈

Er hat den Geschmack der zerflossenen Butter noch im Mund, als er jetzt zurück ins Entree tritt. Das Wasser legt sich wie eine kalte Fessel um seine Fersen. Die Wollsocken hat er ausgezogen, die Stoffhose bis zu den Knien hochgekrempelt.

Kein Laut, kein brummender Motor, kein Knacken in der Heizung ist zu hören, nichts, das ihn beruhigen und von dem Gedanken abbringen könnte, verlassen zu sein. Kein Lebenszeichen. Es ist, als habe das ganze Gebäude den Geist aufgegeben.

All die Stunden, die Menschen hier verbracht, all die Gedanken, die ihnen dabei gekommen waren, scheinen sich von den Wänden gelöst zu haben.

Es kommt ihm vor, als würde das Haus nur noch Hülle sein, als wäre alles, was irgendwie konnte, schon längst vor dem drohenden Untergang geflohen.

Die warme Mauer im Flur, an der er auf dem Weg von der Garderobe zum Treppenaufgang so oft mit der Hand entlanggestrichen war, fühlt sich jetzt kalt und abweisend an. Er spürt die Risse im Putz, die sich lösende Farbe. Kleine, spitze Erhebungen, Löcher für Nägel, die dann doch nicht passten, für Bilderrahmen, die dann doch nicht hielten.

Er watet in Richtung Haustür. Auf dem Weg kommt

er an der Waschmaschine vorbei. Ohne Strom wirkt sie wie ein trauriges Fossil aus längst vergangener Zeit. Keine leuchtende Anzeige mehr, keine Automatik – hilflos steht ihre gläserne Tür halb offen in den Raum hinein.

Neben der Waschmaschine schwimmen die Tennisschuhe der Anwältin wie Requisiten eines Tatorts, der auf Sicherung wartet. Hat seine Vermieterin wirklich das Haus verlassen, ohne ihn zu warnen? Oder ist sie gar nicht erst zurückgekehrt? Steht sie noch immer in ihrer Kanzlei im achtzehnten Stock und wartet auf Rettung? Schaut mit verschränkten Armen aus dem Panoramafenster auf die überfluteten Straßen und hebt unwirsch die Hand, wenn ein Hubschrauber dröhnend an ihrer Fassade vorbeifliegt?

Durch den Schlitz am unteren Ende der Eingangstür strömt das Wasser unablässig ins Haus hinein. Im Licht seiner Taschenlampe werden Schlieren und Farbstoffe sichtbar, sogar Reste von Exkrementen meint er zu erkennen. Vermutlich vom Abwasser aus den überschwemmten Gullys.

Das gibt ihm den letzten Ruck. Mit mühsam unterdrücktem Ekel watet er zum Schuhschrank, aus dessen unteren Regalen schon alles herausgeschwemmt ist, was einmal Schutz vor Nässe und Kälte versprochen hat. Nur ganz oben steht noch ein Paar schwarzer Gummistiefel, die er nie gebraucht hat. Gekauft, weil es sie irgendwo einmal im Sonderangebot gab, und dann gleich weggestellt.

Mit dem Schaft seiner Taschenlampe stößt er sie zu

sich herunter, klemmt sie unter seinen Arm, wendet sich zur Tür.

Noch einmal dreht er den Kopf in Richtung Flur, sieht das Wasser wie höhnisch gegen den Treppenabsatz schlagen, hört von ferne die Fanfare aus dem Wohnzimmer.

Dann dreht er sich mit einem Ruck um, stemmt seinen Oberkörper gegen die Tür und tritt hinaus in die überflutete Stadt.

II.

DIE STADT

AUS DER LUFT BETRACHTET, sieht die Stadt aus wie ein Hündchen, das die Schnauze weit nach vorne streckt und hinten seinen Schwanz aufstellt. Andere urbane Strukturen lassen sich mit Sternbildern vergleichen oder mit Mühlebrettern, das Weichbild dieser Stadt ähnelt einem kleinen Köter, der am Bordstein gerade aufgeregt die nächste Fährte aufnimmt.

Nur einmal war die Stadt in der Weltgeschichte entscheidend gewesen, bei einer siegreichen Schlacht gegen muslimische Eroberer im Mittelalter. Damals schaute ganz Europa auf sie, da waren alle Gebete voll mit ihrem Namen. Aber seitdem: nichts. Keine größere Erwähnung, kein besonderer Einfluss. Ihren Status als kommunalen Verwaltungssitz hat die Stadt eingebüßt und zum Ersatz eine Postleitzahl mit drei Nullen bekommen.

Nachts leuchten nur ein paar Flecken auf dem Körper des Hündchens – am Hals zum Beispiel, da ist die Mülldeponie, an der Schulter, da befindet sich der Bahnhof, und an der Hinterpfote, wo das Krankenhaus liegt.

Ein Fluss schlängelt sich von Süd nach Nord durch die Stadt und schlägt dabei einige überflüssige Bögen, so als wolle er lästige Verfolger abhängen. Macht eine

Kurve um das historische Zentrum, vorbei an vermoosten Backsteinmauern, Kindergärten und Autohäusern, bis er sich gefügig einer breiten Schnellstraße anpasst und folgsam an ihrer Seite entlangläuft.

Aus ihren Lastkraftwagen werfen die Fahrer zerbeulte Bierbüchsen in den Fluss, Plastiktüten, Heizkissen und Warndreiecke. Manchmal pinkeln die Männer auch ins Wasser – breitbeinig, mit heruntergelassener Hose stehen sie am Ufer und lassen ihren Urin in den klaren Strom tropfen.

Wenn Flüsse die glänzenden Lebenslinien einer Landschaft sind, dann erlebt dieser Fluss besonders unwürdige Zeitgenossen. Gestalten, die jede Achtung vor den Elementen verloren haben.

Vom Zentrum, das auf der linken Flussseite liegt und von einer Kraterlandschaft aus Hochhäusern umstellt wie von allen Seiten belagert wirkt, führen einige Brücken in die Neubauviertel und Industriezonen im Osten. Dorthin also, wo es keine Sehenswürdigkeiten gibt, keine Kirchen und alten Marktplätze. Wo die Straßen ohne Stolz bewohnt werden, die Klingelschilder mit den Namen der wechselnden Untermieter überschrieben sind, sich der Müll in den Rinnen am Bordstein sammelt. Wo man ohne Aussicht auf den Balkonen raucht, die Fenster zum Hof mit Laken verhängt sind, nachts die Hunde bellen und beim schwerhörigen Nachbarn laut der Fernseher läuft.

Nach Südosten führt eine kilometerlange Ausfallstraße durch die Vororte, an der das Geschäft liegt. Drum herum: eine Sportanlage, ein Einkaufszentrum, ein Friedhof und auffallend viele Tankstellen für die Pendler.

Bei einer hat er während der Schulzeit ausgeholfen und hinter der Theke Frostschutzmittel und Bockwürste abkassiert. Oft schlurfte in jener Zeit ein alter Mann aus dem Plattenbau gegenüber an seine Kasse, um vor dem Zubettgehen noch ein Rubbellos bei ihm zu ziehen. Seinen kleinen Überschuss des Tages, das, was von der Rente übrig blieb, wenn er aufs vierte Bier verzichtete, setzte er aufs Spiel. Meist vergaß er dabei seine Lesebrille, sodass er ihm das Los über die Verkaufstheke reichte und hastig darum bat, seine Ziehung gleich zu überprüfen. Erwartungsvoll trat er dann einen Schritt zurück und drückte den gekrümmten Rücken ein wenig durch. Die kleine Warteschlange, die sich hinter ihm bildete, nahm die Spannung unfreiwillig auf und hielt für ein paar Sekunden den Atem mit an. Dann kam unweigerlich die Mitteilung von der verpassten Chance, und der alte Mann sackte wieder in sich zusammen.

Er hatte sich die Physiognomie des einsamen Spielsüchtigen damals fest eingeprägt. Die Rastlosigkeit seiner Züge, die Sucht nach Aufmerksamkeit, die seinen Mund schmal und seine Augen trüb gemacht hatten. Nicht für sich selber spielte dieser Mann, sondern um von denen, die ihn längst abgeschrieben hatten, noch einmal bewundert zu werden. Die Einsamkeit trieb den Alten an seine Theke. Was nützten ihm am Ende seines Lebens all die großen Geburtstagsfeiern und kleinen Affären, die Ruderbootfahrten und Beförderungen: Wenn er zum Schluss doch allein in einem Zimmer mit Blick auf die Mülltonnen saß und nichts hatte, um die Aufmerksamkeit seiner Nachbarn zu erregen.

Der alte Mann galt ihm fortan als abschreckendes Beispiel, als warnendes Zeichen dafür, was ein Mensch erlitt, wenn er sich von den anderen zu abhängig machte.

Er selbst erfuhr das schmerzvoll nach dem plötzlichen Abschied der Mutter. In seiner Verzweiflung über die Trennung, die ohne jede Verhandlung vollzogen worden war, suchte er nach Beistand.

Eine Haarspange, achtlos zurückgelassen auf der dunklen Kommode im Flur, wurde für ihn zur rettenden Kronzeugin. Er bewahrte sie vor der Ordnungswut des Vaters, nahm sie zu sich und befragte sie heimlich – von ihr meinte er etwas über die Beweggründe der Mutter zu erfahren. Er deutete die Töne, die sie von sich gab, wenn er ihren Rücken langsam über eine Tischplatte zog. Er befühlte ihre Formen. Und wenn er manchmal gedankenversunken über ihre Zähne fuhr, dann meinte er, die dünnen Haare seiner Mutter zwischen den Fingern zu spüren.

Mehr und mehr wandte er sich den Dingen zu. Am Anfang drehte sich alles immer um seine Mutter und ihren plötzlichen Abschied, aber bald schon glaubte er, in ihnen ganz grundsätzlich gute Gesprächspartner entdeckt zu haben. Er spürte so etwas wie eine geheime Begabung, über deren Nutzen er sich nicht ganz im Klaren war.

Klar war nur, dass es ihm immer widerlicher wurde, wenn die Menschen ihre Gegenstände schlecht behandelten, wenn sie ihre Jacken und Mäntel achtlos herumschmissen oder mit Selbstgewissheit Worte wie »dingfest« sagten.

Oft nahm er sich in den Mittagspausen einen bestimmten Abschnitt in der Umgebung seines Ladens vor, den er zunächst mit großen Schritten eingrenzte und dann penibel durchkämmte. Den Abfluss der Gullys befreite er von Schlack, angeschlossene Fahrräder rückte er gerade. Auf Bahngleisen suchte er nach fallen gelassenen Schlüsselanhängern, ließ seine Hand in verwaiste Briefkästen gleiten.

Besonderes Herzklopfen bekam er, wenn er an einer jener ausgelegten Pappen mit Krimskrams vorbeikam, an dessen Rand ein Schild »Zum Mitnehmen« aufforderte.

An den Wochenenden ging er gerne für ein paar Stunden die Haupteinkaufsstraße der Stadt entlang und suchte den Boden nach verborgenen Schätzen ab.

Er kümmerte sich mit geduldiger Sorgfalt um fallen gelassene Plastikverpackungen und abgestellte Weinflaschen, ausgesonderte Schüsseln, Tassen und Teller, herumfliegende Einkaufszettel, Handschuhe und Luftpumpen. Dinge, die irgendwo auf der Straße abgestellt oder verloren gegangen waren, hob er hoch, klopfte sie ab, rückte sie in ein besseres Licht.

In seinem Laden achtete er stets darauf, dass jeder Teppich, jedes Handtuch, jede Gardine mindestens einmal am Tag etwas frische Luft bekam. Außerdem gewöhnte er sich an, die Dinge kurz um Erlaubnis zu fragen, bevor er sie benutzte.

Und doch stand er am Ende seiner Streifzüge, wenn das Licht der untergehenden Sonne sich in den schmutzigen Fenstern der Straßenläden spiegelte, oft an der zentralen Busstation und beobachtete, wie die Reisenden ankamen. Wie sie nacheinander aus der kleinen Türöffnung der schnaufenden Transportfahrzeuge auf die Straße stolperten, die Augen zusammenkniffen, die Haare nach hinten strichen, wie sie unwirsch nach ihren Koffern und Taschen griffen, sich ohne Abschiedsgruß vom Bus abwandten und im Gewühl verschwanden. Ihm fiel auf, dass immer weniger Menschen abgeholt wurden. Nur hin und wieder stand noch eine Mutter mit Regenschirm am Bordstein, saß ein missmutiger Bruder im Auto gegenüber. Die meisten aber kamen an, ohne dass sie jemand erwartete. Deshalb wartete er. In seiner Vorstellung empfing er jeden, der anreiste, mit einer herzlichen Begrüßung, machte hier einen kleinen Scherz, versuchte da einen Willkommensgruß in einer fremden Sprache.

≈

Kaum tritt der Verkäufer jetzt aus der Haustür, bemerkt er, dass er vergessen hat, die Gummistiefel anzuziehen. Noch eisiger als drinnen fährt ihm das Wasser hier zwischen die Beine.

Es kommt wahrscheinlich von weit her, ist oben in den Bergen von verschneiten Astspitzen getropft, ist dann in kleinen Bachläufen ins Tal geflossen, hat sich dort gesammelt, verstärkt und mitreißen lassen vom alten Fluss, der die Stärkung begierig aufnahm. Vorbei an dunklen Feldern ist es dann gerast und außer sich vor Freude über die Ufer getreten, hat berauscht von seiner Kraft Bäume, Kühe, vielleicht sogar Lkws mit sich gerissen, ist in die Vorstadt eingedrungen, über Straßen, Parks und Spielplätze geschwemmt, hat sich mit allen möglichen anderen Wassern gewaschen und ist zum Schluss auch in dieses Haus eingedrungen. So zumindest stellt er es sich vor.

Er watet durch den Vorgarten bis zum Gatter, hievt sich auf das backsteinerne Mäuerchen, streift sich die Wollsocken über und tritt in die kniehohen Schutzschuhe hinein.

Der Regen hat aufgehört. Über ihm am Himmel ziehen dunkle Wolken. Kein Licht, keine Laterne – es kommt ihm vor, als wäre der ganzen Stadt ein schwarzes Tuch über den Kopf geworfen worden.

Unter ihm, etwa auf halber Höhe des Mäuerchens, fließt die Flut vorbei. In der kleinen Nebenstraße, an der das Haus liegt, scheint die Strömung noch nicht so stark. Vorsichtig schaltet er seine Taschenlampe wieder ein und leuchtet langsam von links nach rechts.

Das ihm so vertraute Antlitz der Straße ist verschwunden. Von den Ablaufgittern, Schachtabdeckungen, Baumscheiben und Randsteinen, all den kleinen Flecken und Grübchen, den Furchen und Falten, die er sich über die Zeit eingeprägt hat, ist nichts mehr zu sehen. Auch von Menschen fehlt jede Spur.

Nicht, dass der Verkäufer sie bisher besonders beachtet hätte, dass er auf Parkbänken mit ihnen das Gespräch gesucht, sie auf Empfängen auf die Wangen geküsst oder in Eckkneipen umarmt hätte: Er ist – außer damals mit dem Schulfreund – ja stets für sich gewesen. Aber die Chance gab es eben immer doch: sich umzudrehen, die Hand auszustrecken, eine Bekanntschaft zu machen.

»Ein Einzelgänger ist nur so lange er selbst, wie es andere gibt, von denen er sich abwenden kann«, sagte die Mutter manchmal schmunzelnd, wenn ein besonders weltfremder Kauz aus ihrem Laden stolperte. Und insgeheim fühlte er sich damit immer auch gemeint.

Kein anderer zu sehen jedenfalls. Auf der überfluteten Straße nicht, in den Arkaden und Hauseingängen nicht, auch nicht in den Fenstern der Nachbarhäuser. Der Verkäufer lässt den Lichtstrahl seiner Lampe über die Fassaden gleiten, leuchtet an Geräteschuppen vorbei und über Baumhäuser, aber nirgendwo stößt er auf ein Lebenszeichen. Im Nachbargarten hängt ein erschöpfter Schlauch über dem Zaun und tropft in die langsam steigende Flut. Auf der anderen Straßenseite liegen Handschuhe, Mützen, Schals und Regenschirme kreuz und quer auf einem Fensterbrett und zeugen von einem überhasteten Aufbruch.

Immer mehr aufgestoßene Türen und Gartentore kommen ihm in den Blick. Zurückgelassene Zeugen eines abrupten Abschieds, an die niemand zurückdenkt, wenn die Flucht gelungen ist. Einen kurzen Moment lang stehen sie im Zentrum des Geschehens, ziehen alle Aufmerksamkeit auf sich, denn: Wenn sie jetzt ihren Dienst verweigern, wenn sie klemmen oder haken würden, wäre alles vorbei. Aber wenn sie gehorchen, wenn sie sich bereitwillig öffnen und den Durchgang gewähren, dann sind sie gleich wieder vergessen. Gebraucht bleiben sie zurück, ohne Dank, ohne Belohnung – niemand wird später sagen: Welch Wunder, dass in diesem Augenblick die Tür aufging, das Fenster sich öffnen ließ …

Und doch scheinen sie ohne Groll. Als hätten sie sich längst damit abgefunden, bloße Requisiten zu sein.

Aber so ist es ja nicht. Er ahnt, dass sich hinter dem entschlossenen Schweigen der Fenster und Tore etwas verbirgt. Dass sie nur scheinbar so still sind und in Wahrheit viel zu erzählen hätten. Über die Menschen, die aus ihren Häusern hinausgestürmt sind, um sich in Sicherheit zu bringen. Über zittrige Hände, die eben noch auf ihren geschliffenen Holzrahmen geruht, sich an ihren Griffen festgeklammert haben. Über Fußspitzen, die verzweifelt gegen Türstopper gestoßen sind auf der Suche nach einem Ausweg …

Er streicht sich mit der Hand über die Stirn und wischt seine Vorstellungen beiseite. Was nützen sie jetzt?

Wahrscheinlich ist der ganze Straßenzug bereits vor Stunden evakuiert worden. Alle anderen Anwohner sitzen längst in hell erleuchteten Notunterkünften, von freundlichen Helferinnen und lächelnden Seelsorgern mit Schwarztee versorgt. Nur er ist vergessen worden, oben in seiner Dachkammer, in die keine Megafonstimme dringt.

In seinem Kopf ein Sprichwort: Die Felle davonschwimmen sehen – sein Vater hatte diese Redewendung gerne verwendet, nicht ohne immer wieder aufs Neue zu erklären, woher sie stammt: Textilarbeitern, die Rinderhäute zu Leder verarbeiteten und dabei stundenlang im Fluss stehen und spülen mussten, konnte es passieren, dass einzelne Felle ins Wasser fielen und davontrieben. Dann sahen die Gerber eben ihre Felle davonschwimmen.

≈

Als er von dem Mäuerchen hinunterspringt, spürt der Verkäufer trotz der Socken und Stiefel, wie sich die Kälte um seine Waden legt. Bis zu den Kniekehlen steht er in eisigem Wasser. Langsam setzt er einen Fuß vor den anderen und watet vor Richtung Hauptstraße – in der Hoffnung, dort jemanden zu sehen.

Der Verkäufer steht an der Kreuzung und schaut wie gebannt auf die zerstörerische Gewalt der Natur. Wie ein wilder Seitenarm des Flusses schießt das Wasser die Straße entlang. Wehrlosen Glascontainern läuft die Flut in die offenen Münder. Ein lauter Knall lässt den Verkäufer zusammenzucken, noch einer – ein Bettgestell, das in ein Ladenfenster gerammt wird.

Nervös lässt er den Lichtkegel seiner Taschenlampe hin und her über die aufgepeitschte Wasseroberfläche springen. Zwischen wogenden Wellen sieht er einen Einkaufswagen und Bierkästen, Sonnenschirme, das Vorderteil eines Fahrrads auftauchen – alle möglichen Reste einer Welt von gestern.

Sein Körper streckt und spannt sich, die eckigen Schultern zieht er bis zu den Ohren hoch. Aber er fühlt keinen Schutz. Ihm ist, als wenn seine Haut durchlässig wäre und alle Eindrücke ungehindert nach innen dringen.

Auf sein Äußeres hat er noch nie viel gegeben. Seinen Körper von klein auf behandelt wie ein nutzloses Gehäuse, um dessen Pflege man sich gezwungenermaßen von Zeit zu Zeit kümmern muss, aber von dem wirklich nicht die Welt abhängt.

Wenn er sich früher im Spiegel betrachtete, wunderte er sich über seine schmächtige Erscheinung, das blasse Gesicht, die langen Arme, die dünnen Haare. Nur seine Augen mochte er. In sie konnte er minutenlang tief hineinschauen und sich fragen, wo dieser Blick wohl endete.

Es war keine Abscheu, den er vor seinem Körper empfand, eher Zurückhaltung, wie bei einem fremden Gegenüber. In seiner Kindheit und Jugend hatte er versäumt, sich mit seinen Gliedern anzufreunden. Über Schürfwunden zu streichen, an seinen Achselhaaren zu ziehen, sich nach anstrengenden Sportveranstaltungen zufrieden über die verschwitzten Oberschenkel zu fahren – dazu war es nie gekommen. Stattdessen betrachtete er seinen Körper als zufälligen Rahmen, in dem sich seine Sinne frei bewegen konnten.

Wenn er krank wurde, störten ihn nicht die Halsschmerzen oder der Durchfall, sondern der Umstand, dass er plötzlich ununterbrochen mit seinem Körper beschäftigt war.

Unbeeindruckt von seiner Anwesenheit schießt das

Wasser an dem Verkäufer vorbei. Worauf soll es auch achten? Wie viele haben schon an seinem Ufer gestanden und sich für standhaft gehalten, haben geglaubt, sie seien diejenigen, die sein Ausmaß bestimmen, seinen Willen begrenzen können. In Wahrheit aber ist es immer wild geblieben und hat nur so getan, als wäre es zur friedlichen Nachbarschaft bereit.

Noch vor wenigen Stunden war dieses Wasser ruhig in seinem Flussbett neben der Straße hergelaufen, hatte sich seiner Umgebung angepasst, sich zur Seite drücken, durch Mauern begrenzen, von Brücken überqueren lassen.

Aber dann, in ein paar wenigen Stunden, hatte es die ganze Stadt überflutet und seine Bewohner vertrieben. Nur er war zurückgeblieben. Er und die Katzen …

Jetzt watet er an einer Bushaltestelle vorbei und läuft an einem hohen Zaun entlang. Dahinter liegt ein großes Einkaufszentrum. Eines jener achtlos hingeworfenen Flachdachgebäude, die nur als architektonischer Vorwand dienen, um die Banalität des Ortes zu kaschieren. Ein Umschlagplatz der käuflichen Triebe: Angebot und Nachfrage – nichts sonst.

In der Schlange vor der Kasse hat er oft voller Abscheu mitangesehen, wie grob die Kunden ihre Ware aufs Band schleuderten, als wären sie Könige und die Dinge ihre rechtlosen Sklaven. Ihm war es widerwärtig, wie Wurstfinger gierig nach Gegenständen griffen, wie sie die stillen Güter schnaufend in ihren Plastiktüten verstauten und grunzend von dannen schleppten. Verschleppten – so kam es ihm immer vor.

Manchmal hatte er hier auch die jungen Aushilfen dabei beobachtet, wie sie versuchten, die Aufmerksamkeit der vorbeieilenden Einkäufer zu erregen, wie sie – meist junge Frauen kurz vor dem Schulabschluss – leidenschaftlich Waren anpriesen, für die sie sich selbst nie interessieren würden. Rasenmähroboter zum Beispiel – ein neues Modell, das für besonders steiles Gelände ausgelegt ist und über vier angetriebene Räder mit einer Knicklenkung verfügt. Dieses Wort, »Knicklenkung«, so hatte man ihnen offenbar eingeschärft, müssten sie in ihren Verkaufsgesprächen besonders betonen. So vermittle man den ahnungslosen Kunden ein Gefühl für die technische Brillanz der Maschine.

Manche der Aushilfen unterlegten ihre Erklärungen mit erfundenen Erlebnisberichten – dazu hatte man sie ebenfalls ermutigt: dass sie gerne persönlich werden könnten, denn das steigere die Kundenbindung. Manche redeten von dem beruhigenden Gefühl, die Maschine morgens beim Aufwachen draußen schon leise arbeiten zu hören. Andere vom torfigen Geruch des frisch gemähten Rasens, der einem an lauen Sommerabenden entgegenfliege.

Am erfolgreichsten beim Verkauf waren allerdings diejenigen, die von seinem robusten Gehäuse und seiner dynamischen Statur sprachen, nicht »steuern« oder »programmieren« sagten, sondern »anvertrauen« und »besprechen«: »Dann können Sie Roboto anvertrauen, wann er welche Fläche in Angriff nehmen soll, und mit ihm besprechen, wie kurz Sie das Gras haben wollen.«

Die meisten Aushilfen wurden nach wenigen Tagen

wieder entlassen – beleidigt standen sie dann draußen bei den Schaubeeten und ließen sich von den Punkern am Eingang eine Zigarette geben. Manchmal hatte er sich einfach dazugestellt und für einen Augenblick so getan, als gehöre er zu ihnen.

≈

Mit der Taschenlampe leuchtet er nach oben, um eine Richtung zu finden. Der Kirchturm dient ihm als Orientierung. Dorthin wendet er sich schutzsuchend wie in alter Zeit.

Er läuft durch eine Kleingartenkolonie. Vorbei an verwahrlosten Grundstücken watet er durchs Wasser. Von den Kreuzworträtseln des Vaters ist er mit den Eigenarten solcher Einrichtungen vertraut, kennt die Abkürzung für das Wort »Kleingartenverein«, weiß, wie ein »kleines Gartenhaus« heißt und welchen Nachnamen der Begründer der Kleingartenbewegung trug. Völlig überflüssiges Wissen, das sich aber in seinem Kopf festgesetzt hat und ihm nun wider Willen ins Bewusstsein dringt. Statt einen Plan zu fassen, sich nächste Schritte vorzunehmen, sucht er nach den richtigen Bezeichnungen und Kürzeln.

Kurz vor dem Hinterausgang stößt er unter Wasser mit einem Fahrradständer zusammen und brüllt vor Schmerz auf. Der laute Klang seiner eigenen Stimme überrascht ihn.

Über die menschenleere Kolonie läuft sein Schrei wie ein langgezogenes Signal, stößt drüben gegen eine

Brandmauer und kommt von dort noch einmal verstärkt als Echo zurück.

Für einen Moment bleibt der Verkäufer auf der Stelle stehen und versucht, den Schmerz in seinem Schienbein wegzuatmen. Gerade, als er sich wieder in Bewegung setzen will, kommt es ihm vor, als höre er einen leichten Schlag im Wasser. Als würde jemand noch einmal mit letzter Kraft versuchen vorwärtszukommen oder, zu erschöpft zum Sprechen, ein Lebenszeichen von sich zu geben.

Unruhig lässt er den Lichtkegel seiner Taschenlampe kreuz und quer über das vom Wasser geflutete Gelände schweifen, watet nach links, nach rechts. Schließlich ruft er in die Dunkelheit hinein, aber alles bleibt ruhig. Nur ein paar plantschende Gartenzwerge grinsen ihm hämisch entgegen.

Hinter der Kolonie führt eine steinerne Treppe zur Altstadt. Er steigt die ersten Stufen hinauf und tritt ins Trockene.

Kurz legt er den Kopf in den Nacken und schließt die Augen. Zum ersten Mal denkt er jetzt an seinen Laden. Daran, wie auch dort alles unter Wasser steht, das Schaufenster, die Kisten mit den Gardinen, die wertvollen Teppiche – seine ganze Ware. Ohnmacht überfällt ihn. Das bedrückende Gefühl, seine Sachen im Stich gelassen zu haben.

Er denkt jetzt nicht mehr an die Menschen. Hat nur noch seine Dinge im Sinn, stellt sich vor, wie sie einsam im kalten Wasser herumschwimmen, im Dunkeln, im Dreck. In seiner Fantasie ist die Theke umgestürzt, der

Aufsteller mit den Stoffmustern zur Seite gefallen, ragen die Teppichständer schräg aus der Flut hervor, liegt die Bonbonbox zerbrochen am Boden.

≈

Von hinten nähert sich ein knatterndes Rotorengeräusch und reißt ihn aus seinen Gedanken. Erst schaut er zurück aufs Wasser, dann richtet er seinen Blick nach oben.

Der Verkäufer hat jedes Gefühl für die Zeit verloren. Ob Stunden oder nur Minuten vergangen sind, seit er von den Katzen aus dem Bett geholt wurde, könnte er nicht sagen. Es scheint, als hätte einfach jemand aufgehört, die Sekunden zu zählen, als wäre der Zeiger stehengeblieben, wie im Traum.

Es kam selten vor, dass er sich an seine Träume erinnerte. Meist wachte der Verkäufer wie leer auf, ohne Bilder und Szenen. Die Nächte waren für ihn Zeit, die liegend verging. Mit dem Einschlafen hatte er Schwierigkeiten, aber wenn er erst einmal schlief, schlief er fest. Zu fest offenbar, als dass Träume in sein Bewusstsein dringen konnten.

Nur einer schaffte es immer wieder: die Vision einer ewigen Schifffahrt übers Meer. Der Verkäufer stand ganz vorne am Bug eines leeren Containerschiffes in der gleißenden Mittagssonne und schaute hinab in den Strudel am Kiel. Der Schweiß lief ihm aus allen Poren, seine Haare waren klatschnass. Die Sonnenstrahlen stachen ihm in den Rücken – weit und breit nichts, das

Schatten spendete. Nur die weite, leere Fläche des aufgeheizten Decks.

Das Seltsame war: Er sah sich, aber spürte nichts. Nichts von der Hitze, nichts von dem Schweiß, den Strahlen, der Gischt. Es war, als ob er zu seiner eigenen Bewachung abgestellt worden wäre.

Plötzlich sah er, wie sich sein Körper aufrichtete, wie der Rücken sich streckte, der Hals gerade wurde.

Kurz schauten sie dann gemeinsam aufs Meer, der Verkäufer und sein Ebenbild, schauten auf die von unendlicher Bewegung bestimmte Weite, sahen zusammen ins glänzende Nichts.

Ein Rudel Delphine sprang aus dem Wasser, eine Welle brach, ein paar Möwen kreischten. Die Hitze musste unerträglich sein. Ein lautes Flirren in der Luft liegen. Aber nichts war zu spüren oder zu hören.

Jetzt sah er, wie sein anderes Ich plötzlich auf die Reling kletterte, wie es seinen Körper hinaufhievte, sich über die Brüstung schwang und zum Sprung ansetzte.

Voller Schrecken stürzte er nach vorne, eilte über das Deck hin zur Brüstung am Bug – aber als er sie erreichte, war sein Ebenbild schon gesprungen. Er lehnte sich nach vorne, riss die Augen auf und sah sich selbst fallen. Und im Fallen noch den Kopf wenden, um ihm ins Gesicht zu sehen – aber da war nichts: keine Augen, kein Mund, keine Schläfen. Nur ein einziges, grell glänzendes Rot.

≈

Am Himmel nähert sich der Hubschrauber. Wie ein aufgeschreckter Leuchtkäfer rast er am dunklen Firmament entlang und fliegt in seine Richtung.

Kurz spielt er mit dem Gedanken, auf sich aufmerksam zu machen, sein Licht blinken zu lassen, auf Rettung zu hoffen. Aber dann schaltet er seine Taschenlampe aus und bleibt still auf der Treppe stehen.

Immer näher kommt der Hubschrauber, immer lauter dröhnen die Rotoren. Jetzt fliegt er hinter der Brandmauer hervor und kommt über die Kolonie direkt auf ihn zu. Seine Suchscheinwerfer lassen ihr grelles Licht kreuz und quer über die geflutete Anlage kreisen, erleuchten für den Bruchteil einer Sekunde Hüttengiebel, Schneeschaufeln und Toilettenhäuschen, blenden Gartenbänke, Feuerschalen und Rasenmäher ein, stellen die Dinge in ihrer Hilflosigkeit aus.

Auch er wird für einen kurzen Moment vom Licht der Scheinwerfer erfasst wie ein flüchtiger Dieb, der so für seine Verfolger zum Abschuss freigegeben ist. Das gleißende Licht brennt auf seiner Haut, seine Augen schmerzen, und doch hält er sie mit aller Kraft offen.

Kurz verharrt der dröhnende Hubschrauber direkt über ihm, steht in der Luft, scheint zu pausieren – dann, plötzlich, lässt der Scheinwerfer von ihm ab und sucht weiter. Der Hubschrauber entfernt sich schnell, aber das Dröhnen seiner Rotoren ist noch eine Weile zu hören.

Entschlossen steigt er die letzten Stufen der Treppe hinauf, biegt in eine Gasse, vorbei an historischen Wohnhäusern, Reisebüros und Schuhläden. Links und rechts bemerkt er undeutlich, dass die Türen der Geschäfte offen stehen, dass Gardinen aus Fenstern hängen, Klappschilder und Stühle umgekippt im Eingang herumliegen. Hin und wieder tritt er mit seinen Stiefelspitzen auf zersplittertes Glas. Die Gebäude wirken traurig, als wären sie enttäuscht darüber, von den Menschen so leichtfertig zurückgelassen worden zu sein.

Die Gasse macht eine Kehre, um dann unvermittelt den Blick freizugeben auf die alte Kirche. Ein verwittertes Steingebäude, ohne berühmte Mosaike oder kostbare Reliquien. Kein berühmter Täufling hat hier als Kleinkind seine Wut über das kalte Wasser in die Kuppel gebrüllt, keine entscheidende Zusammenkunft wichtiger Geistlicher hat hier je stattgefunden.

Und doch besitzt der Ort eine besondere Anziehung. Bewundernd, fast eifersüchtig, blickt er auf den zähen Überlebenswillen der Mauern und Steine.

So vieles haben sie schon überstanden. Revolutionäre Gedanken und falsche Hoffnungen. Menschen, die mit Schicksalsschlägen und Umstürzen rechneten, die mehr Freiheit forderten und sich gegen höhere Mächte erhoben. Stets ließen die Mauern den Pulverdampf vorüberziehen, in der Gewissheit: Wenn die Menschen erst einmal alt und ängstlich werden, wenn sie ihren skeptischen Geist verlieren und wieder traurig aus dem Fenster blicken, dann kommen sie zu ihnen zurück. Setzen sich leise auf die Bänke, schauen andächtig in die Kuppel und bitten still um Vergebung.

Er war auf seinen Spaziergängen oft an der Kirche vorbeigelaufen und hatte sich vorgestellt, wer sie ursprünglich errichtet hatte. Wie stolz die Arbeiter bei ihrem Richtfest hoch oben in die Kuppel geschaut haben mussten. Damals, als sie für einen Augenblick zufrieden ihr Werk betrachten konnten. Als die Sorge um ihre Familien für einen kurzen Moment verflog, sie sich glücklich zunickten, vielleicht sogar an den Schultern fassten und irgendeiner ein paar Gläser herbeiholte, um anzustoßen. Dann waren sie noch ein bisschen verlegen von einem Fuß auf den anderen getreten, hatten ihre Rucksäcke geschnürt, sich zum Abschied die Hand gegeben und waren jeder seiner Wege gegangen. So stellte er es sich vor.

Als der Verkäufer das alte Gebäude jetzt mit seinem Lichtkegel touchiert und sieht, wie gelassen seine Mauern die Flut erwarten, wie stark und gefasst sie wirken, als wäre das nun wirklich nichts Neues, nichts, was nicht schon einmal da gewesen wäre und irgendwann auch wiederkommen würde, spürt er diese Gelassenheit auch auf sich übergehen.

Nicht hochmütig oder eingebildet wirkt die Kirche, sondern ganz und gar überzeugt von ihrer Dauer. Davon, dass sie bleiben wird, übrig bleiben, wenn alles andere schon vergangen ist. Der ewige Witz: »Bis Steine sterben, dauert es lang!«

Vorsichtig läuft er auf die Westfassade zu und lässt den Lichtkegel über die Ornamente gleiten. Mächtige Feldsteinquader, kraftvoll aufeinandergewuchtet, bilden eine schützende Fläche. Nur hier und da machen sie widerwillig Platz für ein paar Fenster, die im Dunkeln wie schwarze, wimpernlose Augen wirken. Daneben sind einige Heiligenfiguren, Apostel, Schlangenkörper, Teufelsfratzen und brennende Paradiespforten in den Stein gemeißelt. Vor einem Kapitell haben sich zwei steinerne Gestalten skeptisch die Arme um den Hals gelegt. Ihre Hände berühren den Körper des anderen nur schwach, sie halten sich nicht fest, sie halten ihre Umarmung nur aus. Zwei Staatsmänner, die ihre Nähe für den Beobachter nur simulieren? Oder ein Freundespaar, das sich nach langer Zeit wiedersieht, aber einander noch misstraut? Sie tasten und prüfen, ob der andere auch wirklich derselbe geblieben ist …

Er muss an Florian denken. An ihren Unterarmgriff nach Schulschluss. Die ängstlichen Blicke, die sie sich zugeworfen haben auf der Suche nach Zeichen der Untreue. Spuren, die andere bei ihnen hinterlassen haben könnten, Redewendungen, Überzeugungen, Gesten – unscheinbare Markierungen, die sie einander hätten fremd machen können.

Die beiden Mauergestalten blicken einander nicht an. Ihr Kinn haben sie jeweils auf die Schulter des anderen gelegt und schauen fragend von der Fassade herab. So als erwarteten sie von dort ein Urteil, ob sie sich lieben oder es besser lassen sollten.

Wind kommt auf. Er streicht durch die Blätter eines großen Ahornbaums in der Mitte des Platzes, fährt unwirsch gegen die Kirchenfenster und rüttelt an den vereinzelten Straßenlaternen. Langsam schiebt er auch eine große gelbe Mülltonne auf den Kirchplatz. Behutsam, wie einen alten, klapprigen Tanzbär, der von seinem langjährigen Dompteur noch einmal zu einem letzten

Auftritt geleitet wird, drückt und zieht der Wind das rollende Gefäß aus Plastik vor auf die freie Fläche.

Gespannt beobachtet der Verkäufer das Geschehen. Noch hält er seine Erregung zurück. Wartet ab. Zählt die Sekunden. Dann bricht er aus seiner Starrheit heraus und schießt auf die Tonne zu.

Fetzen von Erinnerungen kommen ihm in den Sinn. Erinnerungen an heiße Mittagsstunden im Hinterhof, die er zusammen mit Nachbarskindern in den Papiermülltonnen verbracht hat. Wie kleine Könige thronten sie damals auf den aufgehäuften Pappen und Papieren, lasen sich gegenseitig zerrissene Abschiedsbriefe vor, retteten Fotoalben vor dem Untergang und stellten sich vor, was für Menschen sich hinter all den fortgeworfenen Dingen verbargen. Sie machten sich einen Spaß daraus, aus den zusammengewürfelten Fundstücken ganze Lebensgeschichten zusammenzusetzen. Sich auszumalen, durch welche Hände dieses Papier gegangen, von welchen Augen es wohl betrachtet worden war.

Dieses Verlangen überkommt ihn auch jetzt. Mit einem Ruck zieht er den Deckel zurück und leuchtet mit seiner Taschenlampe in die Tonne. Kein Papier diesmal, sondern Restmüll: Das flackernde Licht bringt die zerbeulte Oberfläche eines Föhns und das gedellte Plastik zweier Wasserflaschen zum Vorschein, fährt über das zerkratzte Holz eines Schneidebretts, den Rand einer Tomatenkonserve, eine aufgeplatzte Waschmittelpackung, einen staubigen Plüschbären, ein paar zerrissene Magazine, eine Glühbirne, eine zerrissene Krawatte.

In seiner Fantasie spielen sich unwillkürlich Alltagsszenen ab, Ehestreitereien und Nachmieterverhandlungen, bekommen die fortgeschmissenen Gegenstände tragende Rollen in einer endlosen Aufführung von Aufstieg und Fall. Er sieht eine Frau mit einem Handtuchturban an der Waschmaschine stehen und den letzten Pulverrest aus der Verpackung kratzen. Hört, wie ein Familienvater auf dem Schneidebrett wütend Schnittlauch hackt, hat deutlich vor Augen, wie eine Gruppe von Freundinnen auf dem Sofa sitzt und sich Magazinseiten mit muskulösen Männeroberkörpern herumreicht.

Immer mehr Momentaufnahmen kommen ihm in den Sinn, in denen die Menschen mit diesen Gegenständen umgegangen waren. Der Föhn, mit dem sie ihren Nagellack getrocknet hatten, den Plüschbären, der ihnen am Schießstand auf dem Jahrmarkt geschenkt worden war, die Krawatte, die sie bei einem Junggesellinnenabschied erbeutet hatten – er stellt sich immer neue Geschichten, neue Erlebnisse vor: ein nur knapp geglückter Synchronsprung, nach dem dem Sportlerpaar zur Beruhigung sofort zwei Wasserflaschen gereicht worden waren, eine neumodische Taufe, bei der dem Täufling statt der Taufkerze eine beschriftete Glühbirne geschenkt wurde.

Seine überbordende Fantasie findet keinen Halt. Zu viele aufgegebene Pläne und Möglichkeiten, die sich da vor ihm in der Tonne auftun, zu viele Hoffnungen und Erlebnisse, die einmal mit den Dingen verbunden waren. Daran muss man doch denken – das kann man doch nicht einfach übersehen: dass mit jeder Anschaffung auch ein Stück Leben geschaffen wird. Und mit jeder Entsorgung eine Sorge hinzukommt: die Sorge nämlich, das Entscheidende fortgeworfen zu haben.

Mit einer abrupten Handbewegung greift er in die Tonne hinein und fischt heraus, was ihm zwischen die Finger gerät. Zärtlich ordnet er die Dinge dann vor sich auf dem steinernen Boden des Kirchplatzes wie angeschwemmtes Treibgut.

Er stellt sich vor, wie ihre früheren Besitzer gedankenlos von diesen Dingen Abschied genommen, wie sie aus einer Laune heraus ihre Abschaffung beschlossen und sich, ohne zu zögern, von ihnen getrennt hatten.

Nach einer kurzen, leidenschaftlichen Phase war ihre Beziehung schnell abgekühlt, die Dinge konnten nur noch schwer die Aufmerksamkeit der Menschen erregen – etwa dadurch, dass sie sich ihren Blicken entzogen und versteckten. Dann suchten die Menschen noch einmal besorgt nach ihnen und strichen ihnen beim Wiedersehen erleichtert über den Rücken. Aber sich noch einmal neu in sie verlieben, das taten sie nicht.

Er geht in die Hocke und fährt mit seinen Fingern an den Rändern der Fundstücke entlang. Kurz hält er inne, schaut über seine Schulter zurück in die Gasse, vorbei an den verlassenen Ladengeschäften die Häuserfassaden empor. Niemand ist zu sehen, als hätte die ganze Stadt tief Atem geholt, wäre untergetaucht und zähle nun unter Wasser die Sekunden, bis sie prustend wieder hochkäme – dann würde das Laternenlicht plötzlich angehen, würden sich die Menschen aus ihren Fenstern lehnen, würden Korken knallen, Gläser klirren und Luftküsse fliegen.

Aber bis auf Weiteres – alles still.

Er begrüßt ein Ding nach dem anderen, streicht hier eine Seite glatt, kratzt da etwas Dreck vom Rand. Dem Föhn legt er sein Kabel vorsichtig um den Hals, der Konservendose fährt er über die gerillte Hülle, die aufblätternden Magazine legt er Seite an Seite, damit sie voneinander abschauen können. Er dankt den Dingen für ihren selbstlosen Einsatz. Ihr langes Durchhalten.

Und wirklich kommt es ihm so vor, als wären sie davon gerührt, als schlügen die Illustrierten ihre Seiten leise aneinander, als wackelten die Plastikflaschen sacht hin und her, als klopfte das Brett anerkennend aufs Pflaster.

Ein paar Minuten verharrt er still vor ihnen, dann fährt eine kräftige Böe in sein Arrangement und gibt den Plastikflaschen einen Stoß, nimmt den Kerzenständer ein Stück des Weges mit, hebt die Magazine in die Luft und lässt den Föhn das spüren, was er bislang immer nur andere hat spüren lassen.

Er stürzt den Dingen hinterher, will sie nicht gehen lassen – aber er hat keine Chance. Der Wind verweht sie in alle Richtungen, lässt sie über die Steine rutschen, stößt sie in kleine Gassen hinein, verteilt sie im Wipfel des Ahornbaumes. Er spürt, wie er selbst von ihm erfasst wird. Wie er, von einer starken Böe vorwärtsgetrieben, nicht mehr Herr seiner Schritte ist, als hätte der Wind etwas vor mit ihm. Als wollte er ihm unbedingt etwas zeigen.

Quer über den Kirchplatz treibt er ihn, auf die gegenüberliegende Häuserfront zu. Ihm bleibt keine Zeit, die
Fassade zu mustern, nach kleinen Fenstern Ausschau zu
halten, in denen vielleicht jemand mit einer flackernden Kerze steht und auf ihn wartet. Keine Zeit, sich die
Kleider zu ordnen oder über den Mund zu wischen.
Der Wind treibt ihn vorwärts, unerbittlich, als gäbe es
kein Morgen. Als wäre diese Nacht alles, was ihm noch
bleibt.

Das Licht seiner Lampe flackert, sie kommt ans Ende
ihrer Kräfte. Der Wind treibt ihn vorwärts. Schiebt ihn
an umgeworfenen Motorrollern und klappernden Hy-
dranten vorbei. In einem dunklen Hauseingang findet
er Zuflucht. Wirft sich gegen die Wand, wartet, bis das
Pfeifen der Böen leiser wird. Aber kaum ist das Pfeifen
vorbei, geht jetzt ein Summen los. Ein leises, gleichmä-
ßiges, nicht unzufriedenes Summen, als würde ein son-
nenmüder Käfer auf einem aufgeheizten Fensterbrett
ein paar letzte Pirouetten drehen.

≈

Die Klingelanlage. Im Eingang vor einer zweiflügligen
Haustür summt sie ununterbrochen vor sich hin, als
ob oben jemand in sehnsüchtiger Erwartung eines sich
verspäteten Gastes mit dem Daumen ohne Unterlass
auf den Türöffner drücken würde.

Der Zylinder des elektronischen Schlosses ist ausge-
fahren, die zwei Türen schlingern leicht vor und zurück.
Der ganze Eingang, das Portal, die Seitenflügel links

und rechts sind mit alten Werbeplakaten tapeziert, die in ungebrochener Euphorie Großereignisse und Konzertpremieren ankündigen, obwohl sie schon längst stattgefunden haben.

Der Verkäufer mustert die zerschlissenen Bilder von zähnefletschenden Tigern und blitzenden Gitarren, von gestikulierenden Opernsängerinnen und skandierenden Demonstranten. Dicht an dicht hängt hier das Unvereinbarste – was nur zusammenkommt, weil es zur gleichen Zeit geschieht. Und dann auch gemeinsam vergessen wird, so berühmt die Namen, so wichtig die Ziele, so schön die Aussichten auch waren.

Ohne selbst ganz daran zu glauben, verspricht er den missachteten Plakaten einen zweiten Frühling, stellt ihnen glücklichere Tage in Aussicht, in denen sie von Neuem Begierde wecken und sehnsuchtsvoll angeschaut werden würden. Der Verkäufer verspricht ihnen frischen Klebstoff und einen farbigen Anstrich und schimpft mit vorgetäuschter Entrüstung über die wohlfeile Gleichgültigkeit der Passanten.

Im Treppenaufgang fällt sein Blick auf staubige Fahrräder und zerbeulte Briefkästen, auf ausrangierte Kinderwägen, kaputte Gehhilfen und rostige Fernsehschüsseln. Das Gewissen des ganzen Hauses scheint hier zwischengelagert zu sein, das, was die Menschen aus ihrer unmittelbaren Umgebung schaffen, um nicht dauernd an Vergangenes erinnert zu werden. Und damit daran, dass nichts an ihrem Dasein außergewöhnlich ist, sie nichts besitzen, was nicht andere schon vor ihnen besessen haben, sie nichts erleben, was nicht andere schon so oder so ähnlich erlebt haben. Das Leben zieht seine Kreise, und die Dinge ziehen stets von Neuem mit.

Er steigt die Treppen hinauf, ohne zu überlegen, hastet die Stufen hoch bis in den obersten Stock. Seine Stiefelsohlen treten laut auf das knarrende Holz, und doch meint er, in seinem Rücken ein leises Kratzgeräusch zu hören. Er hält inne, schließt die Augen und horcht in die Stille – nichts. Aber sobald er sich wieder in Bewegung setzt, hört er es wieder kratzen. Als wären die Katzen dicht hinter ihm und folgten ihm auf Schritt und Tritt. Ein paarmal hält er plötzlich inne, dreht sich um und hastet, die Taschenlampe im Anschlag, ein paar Treppenstufen zurück nach unten – aber er kann nichts entdecken – keinen wegspringenden Schatten, keine Spuren im Holz. Wahrscheinlich ist das Kratzen doch nur Einbildung gewesen. Er hört auf, hinter jeder Treppenbiegung eine Urinlache oder einen Gewölleberg zu vermuten.

Oben angelangt, flammt der Lichtkegel seiner Taschenlampe erst nach rechts gegen eine Wohnungstür, vor der sandiges Buddelspielzeug liegt, um dann auf die gegenüberliegende Seite zu schwenken. Von dort hört er dasselbe monotone Summen wie unten am Eingang. Langsam tritt er näher und stößt mit seiner Stiefelspitze gegen die Tür.

Er horcht in die Wohnung hinein, aber außer dem Surren des Öffners ist nichts zu hören. Die Taschenlampe in den Händen wie eine Schusswaffe, tritt er ein. Der Hörer der Gegensprechanlage hängt baumelnd herab.

Im Flur knarrt das Laminat unter seinen Füßen. Erschreckt wendet er sich nach links und tritt in die Küche. Auf der Anrichte steht eine Limonaden-Zapfanlage. Eines jener Geräte, die allein schon wegen ihres raumgreifenden Umfangs Verschwendungslust und Überfluss symbolisieren. Vorsichtig nähert er sich dem Gerät und beginnt, Hebel zu drücken, über denen bunte Schilder verheißungsvoll die verschiedenen Sorten ankündigen. Folgenlos.

Bald richtet er sich wieder auf. Über dem Abtropfgitter hängt ein weißes Geschirrtuch und bedeckt Teller, Tassen und Tupperdosen. Am Radio lehnt eine aufgerissene Erdnusstüte.

Er wendet sich zum Fenster – ein rundes Bullauge, durch das der Blick direkt auf die Kirchturmspitze fällt. Unschlüssig verweilt er bei diesem kerzengerade in den Himmel aufragenden Turm. Trotz der drohenden Katastrophe wirkt er gelassen, wie einer, der sich nicht zu allen Eilnachrichten äußern muss, sondern standfest bleibt, auch ohne das Wort zu ergreifen.

Solche Charaktere hat der Verkäufer immer bewundert. Schon als Kind, im Bus oder der Straßenbahn, hatte er sich stets neben die Schweigsamen gesetzt, sich insgeheim die Verstockten, Zurückhaltenden, Schwierigen zum Vorbild genommen. Bei ihnen hatte er sich wohler gefühlt als bei den rasenden Dauersprechern, die immer schon beim nächsten Satz waren, obwohl sie den letzten noch gar nicht beendet hatten.

Vor solchen Gesprächspartnern hütete er sich, denn ihnen konnte er nur schwer folgen. Die scheinheilige

Schnelligkeit, mit der diese Leute sprachen, wie sie von einem aufs andere kamen, das übersprangen, jenes nur andeuteten, hier entschiedene Ansagen machten, dort Meinungen kundtaten, ironisch wurden – dabei kam er einfach nicht mit.

Er brauchte Zeit, bis er auf eine rasch dahingestellte Frage eine ehrliche Antwort fand. Er konnte die Worte nicht einfach so fallen lassen, er musste sie von verschiedenen Seiten betrachtet haben, bevor er sie aus seinem Mund ließ. Und das dauerte eben. Den meisten fehlte dafür die Geduld. Für das Gespräch in größerer Gesellschaft war er daher nicht zu gebrauchen. Ein wenig besser ging es zu zweit. Da konnte er die Worte abwägen, mitunter auch minutenlang schweigen, ohne zu fürchten, dass der Redefluss den anderen inzwischen längst weitergetrieben hätte.

Mit der Zeit wurde er immer schweigsamer. Man legte ihm das als Schüchternheit aus, nahm an, er leide unter einer Verhaltung, wie ein Stotterer, der die einfachsten Worte nicht aussprechen kann. In Wahrheit aber schärfte er so seine Wahrnehmung. Je weniger er sich am Gespräch beteiligte, desto stärker wurde seine Aufmerksamkeit. Er verfolgte die Regungen seiner Umgebung und die der Redner genau. Bis ins kleinste Zucken der Mundwinkel, bis zur geringsten Hebung der Augenbrauen nahm er alles wahr. Wie einer immer den kleinen Finger hob, wenn er etwas seiner Meinung nach Bedeutsames sagte. Ein anderer stets die Nasenflügel zusammendrückte, um seiner Rede einen nachdenklichen Ausdruck zu verleihen. Oder jemand, kaum hatte er angefangen zu sprechen, damit begann, leicht vor und zurück zu wippen, als müsste er das Gewicht seiner Worte mühsam ausgleichen. *Wie* jemand etwas sagte, mit welcher Miene, mit welchem Ausdruck, das hätte er später genau beschreiben können. Aber *was* gesagt wurde, das konnte er nur schwer begreifen …

Als der Verkäufer in den Flur zurückkehrt, bemerkt er jetzt, dass die Wände dort auf beiden Seiten mit Nägeln übersät sind. Statt sich einen Schrank anzuschaffen oder eine Garderobenleiste anzubringen, hat jemand hier offensichtlich einfach immer noch einen weiteren Nagel in die Wand geschlagen, um eine Hose oder einen Kapuzenpulli, ein Sockenpaar oder einen Regenmantel aufzuhängen.

Ganz hinten baumeln vier altmodische Fotoapparate nebeneinander wie schlafende Fledermäuse. Es kommt ihm vor, als würden sie sich von all der Wirklichkeit erholen, die durch sie hindurchgegangen ist.

Undeutliche Bilder schießen ihm in den Kopf: Bilder von lodernden Fackeln, von einem Auto kopfüber in einem See, von drei schwimmenden Katzen, von einem einsamen Haus mitten in den Feldern. Bilder, deren Herkunft er nicht kennt, bei denen unklar ist, ob sie Erinnerungen oder Visionen sind – er lehnt sich an die Wand, beginnt den Kopf langsam von links nach rechts zu wenden, um sie abzuschütteln. Dann hebt er seine Taschenlampe wieder, leuchtet zum Ende des Gangs und sieht eine weitere Tür.

Vorsichtig tritt er heran und legt sein Ohr an das raue Holz. Splitter stechen ihm in die Wange, der Geruch von altem Polieröl dringt in seine Nase. Der Verkäufer steht da und horcht. Die Dunkelheit hüllt ihn ein. Für einen Moment wird er eins mit der Wohnung und nimmt ihre Stille auf. Er steht an der Tür, als wäre sie seine, als hätte er so schon oft vor ihr gewartet. Er zögert den Eintritt noch hinaus. Wie er manchmal einfach so innehält, um sich vor dem bloßen Zuschauen zu bewahren. Dafür ist das doch alles zu kostbar, zu außergewöhnlich: Nicht einfach nur am Geschehen vorübergehen – er will die Dinge wahrnehmen. Wirklich wahrnehmen.

Mit seiner linken Wange schmiegt der Verkäufer sich noch ein wenig näher an die Tür, horcht genauer – und plötzlich ist ihm, als wäre da ein leises Schluchzen, ein fernes Wimmern zu hören.

≈

Die Tür lässt sich nicht öffnen. Erst lehnt er sich vorsichtig dagegen, dann drückt er stärker, schließlich setzt der Verkäufer sein ganzes Körpergewicht ein. Aber selbst das bewirkt nur, dass sich ein kleiner Spalt auftut. Etwas auf der anderen Seite hält dagegen.

Er tritt ein paar Schritte zurück, nimmt Anlauf und versucht es noch einmal mit Schwung. Widerwillig gibt die Tür ein weiteres Stück nach, noch ein bisschen und er kann sich durch den Spalt ins Zimmer hineinzwängen.

Gleich hinter dem Eingang stößt der Verkäufer mit dem Schienbein gegen etwas Hartes. Ein vertrauter Geruch steigt ihm in die Nase. Mit der linken Hand tastet er nach unten, um sicherzugehen. Und wirklich: Als er die Taschenlampe anhebt und in den Raum hineinleuchtet, fällt das Licht auf eine Vielzahl von Teppichrollen, die bis unter die Decke gestapelt sind. Die meisten noch eingeschweißt, nur manche schon offen und mit jenen Prüfsiegeln versehen, die der Verkäufer aus seinem eigenen Laden kennt.

Das hier ist also ein Lager. Ein Lager für Teppiche. Er betrachtet die Rollen genauer, befühlt den Stoff, einmal, zweimal, stockt, stutzt, prüft noch einmal, staunt – es gibt keinen Zweifel: Das sind Portugieser. Jene unverkäufliche Ware, deren außergewöhnliche Qualität ihm die Vertreterin bei ihrem Treffen so leidenschaftlich beschrieben hat. Mit Gesten, die er noch lange erinnerte und sich immer wieder ins Gedächtnis rief, wenn er mit der Hand über jene Rolle strich, die er bei ihr erworben hatte. Wider besseres Wissen – denn natürlich haben portugiesische Teppiche auf dem heimischen Markt keine Chance. Die Leute wollen Vertrautes, Stoffe aus Ländern, mit denen sie angeben, auf die sie bei ihren Geburtstagsfeiern bedeutungsvoll hinweisen und deren Preis sie mit einem leichten Schmunzeln verheimlichen können. Teppiche aus Portugal kommen dafür nicht infrage.

In seinem Kopf überschlagen sich die Gedanken. Sind das also wirklich ihre Teppiche? Die Wahrscheinlichkeit, dass noch jemand anderes in dieser Stadt das ausgefallene Produkt hortet, ist gering. Aber wenn das ihre Teppiche sind, dann ist das auch ihre Wohnung, dann steht er, vom Zufall getrieben, mitten in ihrem Leben.

Sein Blick schweift über die vielen Rollen, sucht hilflos nach Halt. Das Zimmer hat keine Fenster. Die Luft ist stickig. An der Decke hängen zwei tote Glühbirnen.

Im Raum herrscht eine Atmosphäre wie in einer überfüllten Gefängniszelle. Ein Ort, aus dem alle Erwartung gewichen ist. Wo das Leben nur noch aus Routinen besteht und die letzte Freiheit darin, diese zu brechen.

Schon will der Verkäufer kehrtmachen und das Lager verlassen, als er plötzlich wieder das Wimmern hört. Vereinzelt und kaum merklich erst, dann immer deutlicher und vielstimmiger dringt es an seine Ohren. Es scheint von den Teppichen zu kommen.

Zusammengeschnürt liegen sie da und stoßen verzweifelte Wehlaute aus.

Mit einem Fuß schon im Türspalt steht er da und umklammert mit beiden Händen den Schaft seiner Lampe. Er möchte noch etwas sagen. Trost spenden.

Aber ihm kommt kein Wort über die Lippen. Immer wieder setzt er an – doch es will ihm nicht gelingen. In Schockstarre verharrt er in der Tür. Verachtet sich selbst für sein Schweigen.

Dann flackert das Licht seiner Lampe auf und erlöst ihn aus dem Bann. Wie benommen wankt er aus dem Zimmer. Stößt mit der linken Schulter gegen die Wand, reißt seinen Pullover an einem Nagel auf, stürzt weiter.

Der Verkäufer weiß nicht, ob er sich freuen oder fürchten soll. Ob er entkommen ist oder verstoßen wurde. Dass er nun den Wohnort seiner Vertreterin kennt – was nützt es? Jetzt, wo sowieso alle fort sind und es lange sein werden. Auch er muss fort. Er kann doch nicht als Einziger übrig bleiben.

Der Flur scheint kein Ende zu nehmen. Das Laminat verlängert sich, immer noch ein Meter und noch ein Meter bis zum Ausgang. Im Augenwinkel: die Küche. Er hastet vorbei. Übersieht die drei schwarzen Katzen auf der Anrichte, wie sie ihren Kopf herablassend von links nach rechts bewegen und sich spöttische Blicke zuwerfen.

≈

Einmal, vor ein paar Monaten, hatte ihn ein Säugling in die Irre geführt. Auf einem seiner mittäglichen Spaziergänge war der Verkäufer ihm begegnet: in einem Wagen unter einer großen Buche. Die Mutter saß an den Stamm gelehnt und war erschöpft eingeschlafen. Ihre kleine Tochter aber war hellwach und schaute erwartungsvoll aus ihren Decken und Tüchern heraus in die Welt.

Von kleinen Kindern fühlte er sich für gewöhnlich weit entfernt – es waren Wesen, die ihm fremd vorkamen, mit denen er nichts gemein hatte, an die er nie dachte. Wann immer er auf ein solches Kleinkind traf, sich ein übermütiger Junge in der Einkaufspassage an seine Kniekehlen klammerte oder das heulende Nachbarsmädchen sich vor ihm auf den Boden warf, schaute der Verkäufer betreten zur Seite und versuchte, so schnell wie möglich fortzukommen.

An diesem Mittag aber war er selbst gedankenversunken in das Baby hineingelaufen. In einem blauen Leinenanzug lag es in seinem Wagenkorb und hatte sich zur Begrüßung das Mützchen vom Kopf geschoben. Wie zu einer wichtigen Unterredung winkte es ihn heran. Aber als der Verkäufer sich vorbeugte, wandte es sich gleich wieder ab, so als wäre es enttäuscht darüber, dass er der Einladung so umstandslos gefolgt war.

Wie bestellt und nicht abgeholt stand er also da. Ein paar Minuten lang ließ das kleine Mädchen ihn warten, spielte mit seinen Decken, betrachtete seine Finger, tat so, als hätte es wichtigere Dinge zu tun.

Er stand vor ihm und wartete geduldig darauf, dass das Kind ihn wieder anschauen, dass es seinen Kopf wenden, ihm einen weiteren Blick, vielleicht sogar ein Lächeln schenken würde. Es war, als ob der Verkäufer plötzlich zum Untergebenen eines Wesens geworden wäre, das seine scheinbare Hilflosigkeit nur als Köder nutzte, um seinen an den Haken gegangenen Fang dann ausgiebig zappeln zu lassen.

Nach einer Weile drehte sich das Kind wieder zu ihm, räkelte sich und rieb sich theatralisch die Augen. Jetzt schien es bereit zum Gespräch. Um sein Mündchen lag ein Hauch von stiller Belustigung. Aus seinen Pupillen strahlte die Überheblichkeit desjenigen, der mehr gesehen hat als andere. Es kam dem Verkäufer vor, als wollte es sagen: »Ganz schön hier, aber kein Vergleich zu dem, was ich drüben erlebt habe.«

Die Augen des Kindes wirkten, als könnten sie niemals feucht werden, so stark und stechend, dass daraus niemals eine Träne fließen würde. Fest schaute das kleine Mädchen ihn an, prüfend, ob er ihm etwas zu sagen habe.

Und wirklich hatte der Verkäufer das Gefühl, Rede und Antwort stehen zu müssen. Rechenschaft abzulegen über seinen Lebenswandel, seine Zurückgezogenheit, seinen fehlenden Drang zur Gemeinschaft.

Aber gerade als er ansetzen wollte, sich zu erklären, kniff das Kind plötzlich die Augen zusammen und hielt sie geschlossen. Erwartungsvoll starrte der Verkäufer auf die sanft zitternden Lider des kleinen Mädchens.

Dann öffnete es sie plötzlich wieder und strahlte ihn an – stolz auf seine Macht, zwischen hell und dunkel entscheiden zu können.

Das Ganze kam ihm vor wie eine Vorführung. Ein Lehrstück zur Erinnerung daran, dass über allen Gedanken und Erwartungen, über aller Logik und allem Gefühl die einfache Frage stünde, was wir sehen, wenn wir die Augen schließen.

Immer wieder öffnete und schloss das Kind nun seine Augen und forderte den Verkäufer auf, es ihm gleichzutun.

Also beugte auch er sich bald mit geschlossenen Augen zum Wagen herunter und schaute angestrengt ins Dunkel. Aber so sehr er sich auch bemühte – er konnte nichts Handfestes erkennen. Alles blieb schwarz – nur hin und wieder war es ihm, als ob in der Ferne ein Glitzern aufleuchtete, das aber gleich wieder verschwand.

Enttäuscht öffnete der Verkäufer wieder die Augen und schaute dem kleinen Mädchen neidisch auf die zitternden Lider. Jetzt wurde ihm klar, was sie voneinander trennte. Warum alle Versuche, sich Kindern verständlich zu machen, aussichtslos waren. Denn in Wirklichkeit lebten sie doch in einer ganz anderen Zeit.

Er dachte zurück an die dunkle Waschküche, an den Augenblick damals, als er sich selbst hochgezogen und auf einmal nichts mehr von all den geheimnisvollen Dingen gesehen hatte, die ihm vorher alltäglich gewesen waren. Und er dachte zurück an die Zeile aus dem Mond-Lied, das seine Mutter ihm immer vorgesungen hatte, den sehnsüchtigen Wunsch: »wie Kinder fromm und fröhlich« zu sein.

Dann blickte er zurück auf das kleine Mädchen – und schämte sich. Schämte sich für all das, was er war, schämte sich für sein Aufwachsen, seinen angeblichen Fortschritt – nichts kam ihm plötzlich mehr ehrlich vor.

Noch einmal schlug die Kleine ihre Augen auf, fixierte den Verkäufer mit einem langen, durchdringenden Blick, dann wandte sie sich lächelnd ab, kehrte ihm langsam den Rücken zu und begann wieder mit ihren Fingern zu spielen.

≈

Er hastet durch die Gasse, schaut nicht zurück, muss Acht geben, dass er mit seinen Gummistiefeln nicht auf dem glitschigen Pflaster ausrutscht. Nur weiter, immer weiter. Er muss weg aus der Stadt, weg von all dem Gewohnten. Vielleicht ist er ja wirklich einer großen Täuschung erlegen, einem Irrglauben, der ihn blind gemacht hat für die entscheidenden Signale. Seine Gedanken haben ihn ganz im Griff, er sieht nichts mehr, seine Lampe wirft nur noch ein schwaches Licht.

Er sucht nach einem Ausweg, einer Erklärung. Rettung, ja, aber wovor? Und wozu? Und mit wem? Was, wenn diese Welt über Nacht zu einer anderen wird, wenn der große Knall doch zu seiner Lebzeit geschieht?

Er bleibt stehen, ringt nach Luft. Vor dem eisernen Eingangstor einer Schule liegen die Überreste einer zusammengeschlagenen Sitzbank. Stumm warten sie auf ihren Abtransport.

Schwere Brocken des Betonfundaments liegen bedeckt von gesplitterten Teilen der hölzernen Sitzfläche und der grauen Rückenlehne auf einem Schutthaufen zusammen. Nicht wie das Werk eines Schülerstreichs sieht das aus, sondern eher wie eine von oben, von irgendeiner amtlichen Behörde angeordnete Zerstörung. Vielleicht, weil hier eine neue Stromleitung verlegt oder ein weiterer Poller aufgebaut werden sollte, war die Bank in irgendeinem stickigen Verwaltungshinterzimmer kurz vor Dienstschluss von einem Beamten mit einer läppisch hingeschluderten Gegenzeichnung zum Abriss bestimmt worden.

Morgens um sechs kommen die Bagger und schlagen auf sie ein, auf die Sitzfläche, wo schon glückliche Mütter und verlassene Pubertierende saßen, hämmern sie ein, brechen der Bank die Beine, zersprengen ihr das Fundament.

Wenn Bäume gefällt werden, hängen die Menschen Transparente aus dem Fenster und weinen öffentlich, aber wenn Bänke zusammengeschlagen werden, morgens um sechs, dann fühlt keiner mit. Dann drehen sich die Menschen noch einmal in ihren Betten um, ziehen die Decke ein bisschen höher und halten die Füße still. Was von der Bank übrig bleibt, schaufeln die Bagger später wie staubige Knochenreste in einen Container. Ein paar Tage steht das Geröll noch herum, ohne dass jemand Blumen ablegen würde, dann greift ein Kran nach ihren Überresten und kippt die zerschlagene Bank in eine Kuhle.

Der Verkäufer hetzt weiter. Das Wimmern der Teppiche dringt wieder in sein Ohr, wird jetzt verstärkt vom Geheul des zerschlagenen Betons. Immer lauter wird das Wehklagen der Dinge, immer mehr Stücke stimmen mit ein. Sein Kopf dröhnt, kann die Schmerzensrufe nicht ertragen.

Wut packt ihn, Wut auf seine Zeitgenossen, die alles zerstören, was ihnen leblos vorkommt – nur weil ihre blinden Augen es nicht sehen. Die alles wegräumen, fortschmeißen und verschwinden lassen, was ihnen keinen Nutzen mehr bringt. Und er muss das Geschrei dann aushalten.

Er beginnt zu rennen, vorbei an allerhand Gerümpel und umherflatternden Fetzen, rennt immer schneller, versucht, die Gedanken abzuschütteln, als wären sie hartnäckige Verfolger.

Nur nicht übrig bleiben.

Als Einziger übrig bleiben. Auf der einsamen Insel.

Er erreicht die Brücke. Hört das Rauschen des Wassers, spürt die Gischt in seinem Gesicht, das Zittern der Bohlen unter seinen Füßen. Die Lampe verlöscht. Mit einem jähen Schrei wirft er sie in die Flut. Dann klettert er auf die Brüstung. Sucht das Gleichgewicht. Schließt die Augen. Vielleicht ist das die gerechte Strafe für ihre Blindheit, denkt er, für ihr unablässiges Reden, ihre höhnische Vernunft.

Er hebt beide Arme, streckt sie nach links und nach rechts, wie zum Kreuz. Wartet. Zögert. Dann holt er Luft. Tief Luft. Und springt.

III.

DER FLUSS

OHNE STEUERUNG TREIBT das Floß durch die überflutete Stadt.

Umrisse von Häuserfassaden und Baustellengerüsten ziehen am Ufer vorbei. Hin und wieder zeichnet sich ein aufgestoßenes Fenster oder ein leerer Balkon ab. Auch überflutete Denkmäler und Cafés tauchen auf.

Ein Krankenhaus gibt sich durch ein großes rotes Kreuz an seiner Fassade zu erkennen. Türen stehen offen, Vorhänge sind heruntergerissen. In einem oberen Stockwerk hängen weiße Laken über der Brüstung wie hilflose S O S -Zeichen. Auf dem Parkplatz schwimmen Autos rücklings im Wasser wie hilflose Käfer.

Dort, wo eben noch Menschen mit wehenden Kleidern über die Kreuzungen geeilt sind, wo sie sich auf den dichtgedrängten Einkaufsstraßen mit ihren Telefonen an den Ohren im letzten Moment aus dem Weg sprangen und ihre freien Hände zur halbherzigen Entschuldigung hoben, wo sie gelassen Arm in Arm in der Nachmittagssonne geschlendert sind, gelacht, gehüstelt und sich so verhalten haben, als wäre alles wie immer und würde auf ewig so bleiben, da ist jetzt nichts als dunkles, unerbittlich strömendes Wasser.

Gischt spritzt gegen die Flanken des Floßes.

Vom Mond immer wieder kurz erleuchtet, ist an Deck die Gestalt einer jungen Frau zu sehen. Die rechte Fußsohle gegen den linken Unterschenkel gedrückt, steht sie am Rand und lässt ihre Hände auf einem lose gespannten Tau ruhen. Auf ihrem Nasenrücken funkeln ein paar Sommersprossen, auf ihrer linken Wange hat sie einen Leberfleck.

Mit einer brüsken Bewegung streicht sie sich ihre kurzen braunen Haare aus der Stirn und wischt sich mit dem Handrücken die Wassertropfen von den Wangen. Sie trägt eine weite Jeanshose und ein rotes T-Shirt, darüber einen gelben Kapuzenpulli.

Links zieht ein überfluteter Baumarkt vorbei. Der über seine Ufer getretene Fluss hat Blumenkübel und Einkaufswagen umgerissen und strömt durch die stetig kreisende Drehtür ins Innere der Verkaufshalle. Auf einem halb heruntergerissenen Werbeplakat kann man die Umrisse eines lächelnden Mannes erkennen, dessen Hand auf der Abdeckhaube einer Kettensäge ruht. Daneben klirren im auffrischenden Wind zwei Fahnen wie Markierungen auf einer längst verlassenen Ausgrabungsstätte.

Der Mann lächelt vom Plakat herunter. Seinen Fuß hat er triumphierend auf einem Baumstamm abgestellt. Arglos und gutmütig wirkt er. Als das Floß langsam an ihm vorbeizieht, hebt die junge Frau ihre linke Hand, als grüße sie einen alten Bekannten.

≈

Der Motor will nicht anspringen. So häufig die Vertreterin die kleinen silbernen Klemmzangen auch vertauscht, von minus zu plus und von plus zu minus – nichts regt sich. Sie beugt sich abwechselnd über den schwarzen Batteriekasten und über das Tau, um sicherzugehen, dass die Schraube unten im Wasser nicht doch in Bewegung kommt. Aber so oft sie auch schaut: Nichts rührt sich.

Die Vertreterin staunt. Sie ärgert sich nicht – sie wundert sich nur. So wie sie es meistens tut, wenn etwas nicht den Weg nimmt, den sie vorausgesehen hat.

Keine Angst. Wozu auch, das Floß fährt ja. Es treibt in der Strömung. Lässt sich nur nicht steuern. Misslich, aber kein Grund zum Verzweifeln. Wohin würde man auch, selbst wenn man könnte, steuern? An Land zu gelangen, scheint jedenfalls aussichtslos.

Sie muss an ihren Onkel denken, der jetzt wahrscheinlich gelächelt und einen guten Ratschlag für sie gehabt hätte.

Als Kind war sie oft mit ihm durch die verzweigte Fluss- und Kanallandschaft vor den Toren der Stadt gefahren, hatte oben auf dem Dach der Kajüte die Beine baumeln lassen, während er irgendeine unscheinbare Stelle am Boden ausbesserte oder an dem verwitterten Holztisch saß und mit entschiedener Geste rauchte. Sie hatten immer viel geredet. An längere Zeiten der Stille kann sie sich gar nicht erinnern. Das ununterbrochene Reden an Bord war genauso selbstverständlich gewesen wie sein ständiges Rauchen. Irgendwie hing das eine mit dem anderen zusammen.

Ihr Onkel redete und redete, und sie hörte zu, erst bewundernd, aber dann, als sie etwas älter wurde, stimmte sie auch selbst mit ein in den ununterbrochenen Schwall aus Anekdoten, Erinnerungen und Prognosen. Bald begann sie, ihn zu imitieren. Sie übernahm seinen Gestus, das Prinzip, sich von den eigenen Worten tragen zu lassen, ohne genau zu wissen wohin.

Also redeten sie, sobald sie auf das Floß traten, wie im Rausch. Riefen »Pass auf« oder »Weißt du noch?« und sagten viel zu oft: »Ernsthaft.« Sie erzählten sich die immergleichen Geschichten: wie ein Nachbar beim Strandurlaub seine Tochter im Sand eingebuddelt und dort vergessen hatte, wie ein alter Rabbi einmal einem jungen Mann erklärt hatte, warum er an Gott glaube – »denn vielleicht ist es wahr«, wie die Menschen vor hundert Jahren sich die Zukunft der Schifffahrt vorgestellt hatten.

Sie reihten die Worte dicht aneinander, lauerten auf eine Pause, ein unachtsames Zögern beim Gegenüber. Es war wie das Spiel mit den Augen, der Wettkampf darum, wer als Erster blinzelt. Sie hatten das auf den Mund übertragen: Wer als Erster schwieg, der hatte verloren.

Bald redete sie auch an Land ununterbrochen. Was immer sie las, musste sie gleich berichten. Wen immer sie traf, ließ sie nur schwer zu Wort kommen. Verordnete Ruhe hielt sie nicht aus. In Wartezimmern oder Zugabteilen, in denen die Menschen stumm dasaßen und vor sich hin stierten, begann sie immer sofort über das Wetter zu sprechen. Nach dem Sex, wenn ihre

Liebhaber zufrieden zur Seite rollten, um ein wenig zu schlummern, plapperte sie gleich wieder los.

Ihr Onkel hatte ihr oft das Schreckbild des stummen Menschen vor Augen gehalten: »Wer nicht redet, der trocknet innerlich aus«, hatte er gewarnt, »der wird irgendwann einfach zu nichts.«

Vor ein paar Jahren war der Onkel gestorben. Plötzlich, ohne jede Vorwarnung. Auf der Beerdigung fehlten selbst ihr auf einmal die Worte. Also sagte niemand etwas. Schweigend wurde der Sarg auf den Friedhof getragen. Schweigend stand man an seinem Grab.

Irgendwann trat sie mit schnellen Schritten nach vorne, zog eine Zigarettenpackung aus ihrer Jackentasche und legte sie auf den Sarg. Das nahmen die anderen als Abschiedszeichen und verabschiedeten sich leise.

Der Onkel hatte keine Frau gehabt, und selbst seine engeren Freunde konnten sein ununterbrochenes Gerede kaum ertragen. Ein paar alte Kollegen waren zum letzten Geleit gekommen, von der Bohrinsel, auf der er zwanzig Jahre lang gearbeitet hatte. Nachts, so hatte er oft erzählt, konnte man dort die Wale singen hören und im Schein der kreisenden Signalscheinwerfer die brechenden Wellen zählen.

Die Vertreterin war bis zum Schluss geblieben. Bis die Totengräber mit ihrem kleinen Bagger das Loch wieder zugeschüttet und einen Grabstein mit den unvermeidlichen Daten in die frische Erde gerammt hatten. »Von … bis« – als ob sich ein Menschenleben so zusammenfassen ließe.

Jetzt denkt sie an ihn, hier, auf dem Floß, das sie von

ihm geerbt hat, denkt an sein ununterbrochenes Plappern, daran, wie er den Rauch einsog, ohne sein Reden zu unterbrechen.

Sie schließt die Augen, sieht ihn am Tisch sitzen, die Beine übereinandergeschlagen, als wären sie aus Gummi, den rechten Zeigefinger in seinen Haaren kreisend, die gelben Zähne, die langen Wimpern, der Leberfleck auf der linken Wange, den sie von ihm hat – sieht ihn und muss schmunzeln. Dann zieht sie sich hoch und blickt zurück ans Ufer.

≈

Die Sehnsucht, sich mit Menschen zu umgeben, hatte sie von ihrer Mutter. Das Beisammensein, Feste Feiern, das Einladen, Anstoßen, Reden halten – alles Dinge, die sie von früh an miterlebte. Beeindruckt hatte sie als Kind in der Ecke gestanden, wenn die Mutter in ihrer Wohnung Gäste versammelte und Scharade spielen ließ. Wenn gemeinsam gekocht, gelacht und getrunken wurde. Korkenknallen, gefaltete Papierservietten und Musik aus großen Boxen, denn: Getanzt werden musste irgendwann immer auch. Lebhafte Streitgespräche auf dem Balkon, das legere Ablegen der Wintermäntel auf dem Bett, Blumensträuße in der Badewanne und nie genug Klopapier – das waren Bilder, die sich fest in ihr Gedächtnis einprägten und ihre Vorstellung von einem glücklichen Leben bestimmten.

Manchmal war sie im Laufe des Abends heimlich auf die Straße geschlichen, um von draußen die Umrisse der Menschen in den hell erleuchteten Fenstern zu sehen. Und daneben die dunklen Wohnungen der trübsinnigen Nachbarn ...

Damals hatte sie beschlossen: Sie wollte ins Licht.

Etwa zur selben Zeit, als sie mit dem Onkel auf dem Floß begann, um die Wette zu reden, begann sie auch auf den Festen der Mutter zu tanzen. Wild und ungestüm drängte sie sich an den schwitzenden Körpern der Erwachsenen vorbei und warf ihren Kopf vor und zurück.

Sie liebte es, wenn die Mutter dann am späten Abend leicht angetrunken den Arm um sie legte, ihr etwas zu nah kam und ins Ohr flüsterte: »Siehst du, wie schön es ist, nicht allein zu sein.«

Der Satz war als Imperativ gemeint und immer auch ein wenig gegen ihren Vater gerichtet, der – von Beginn an in seiner eigenen Wohnung lebend – wenig mit der extravaganten Frau anfangen konnte.

Von ihm übernahm die Tochter den leichten Hochmut. Die selbstverständliche Erwartung, erwartet zu werden. Und doch verbrachte sie die Zeit lieber mit seinem Bruder, der während der Landurlaube mit dem Floß über den Fluss schipperte.

Gleich nach dem Schulabschluss zog sie in eine Wohngemeinschaft mit ein paar Kunststudentinnen und begann ein unabhängiges Leben. Das Geld für die Miete verdiente sie mit dem Verkauf aller möglichen Gegenstände. Unbefangen konnte sie abends an einen Restauranttisch treten und den erstaunten Gästen alten Schmuck oder zerlesene Bücher verkaufen. Sie besaß ein besonderes Talent darin, bei allem, was sie tat, so zu wirken, als wäre sie damit vollkommen zufrieden. Und wirklich: Solange sie von anderen bei ihrem Tun beobachtet wurde, fühlte sie sich unverletzlich.

≈

Jetzt aber schaut niemand ihr zu. Auf der Suche nach einem heimlichen Beobachter lässt die Vertreterin ihren Blick über das Ufer gleiten – irgendwo muss doch noch jemand sein, muss doch irgendjemand winken. Aber kein Mensch ist zu sehen. Nur überall dieselben überfluteten Plätze und verlassenen Häuser. Ratlos wendet sie sich ihrem Floß zu, betrachtet das dicke Tau, das, von dünnen Eisenstangen gehalten, an allen vier Seiten die Bordfläche begrenzt.

Das Floß besteht aus mehreren Pontons, über denen Bretter das Deck bilden. In der Mitte liegt einer ihrer portugiesischen Teppiche. Den hatte sie zur Überraschung des Onkels eines Tages mit an Bord gebracht und unter dem wackligen Holztisch platziert.

Inzwischen ist fast alle Farbe ausgewaschen, und dennoch hat er sich etwas von seiner ursprünglichen Eigenart bewahrt: Die feingewobene Struktur seiner Muster, Rosetten und Petruskreuze sind noch zu erkennen, ein mattes Rot schimmert im Licht einer Laterne, die an einem Haken neben der Kajütentür hängt.

Mit dem linken Fuß schiebt sie eine alte Metallkiste unter dem Tisch hervor, in der eine eiserne Ration Erdnussdosen lagert. Ab und zu hatte der Onkel sich eine gegriffen, wenn er auf dem Rückweg von seinen langen Floßfahrten einen Whisky trank. Als Mittel gegen Sodbrennen, wie er stets augenzwinkernd beteuerte.

Sie öffnet eine Dose und lässt sich eine Handvoll salziger Nüsse in den Mund fallen.

Der Geschmack erinnert sie an den gestrigen Abend. Als sie mit einer aufgerissenen Erdnusstüte am Küchenfenster stand und im Radio plötzlich die Eilnachricht von der drohenden Flut kam. Kurz war sie ganz still geworden. Hatte ihren Blick auf der Kirchturmspitze gegenüber ruhen lassen und sich gefragt, wo über den Wolken eigentlich genau der Himmel begann.

Hals über Kopf war sie dann aus dem Haus gestürmt und mit ihrem Motorroller zur Bootsanlegestelle am Rande der Stadt gefahren. Im aufkommenden Regen war sie durch die verschiedenen Viertel gekommen, vorbei an den erleuchteten Fenstern, hinter denen die Menschen so saßen wie immer und ihre Urlaubsreisen planten, vorbei an den Bürogebäuden und Verwaltungssitzen, den Polizeistationen und Marktplätzen – alles Orte, die schon da waren, bevor sie auf die Welt gekommen war, und wahrscheinlich auch bleiben würden, wenn sie nicht mehr da wäre.

Unwillkürlich musste sie daran denken, wie sie ein hübscher Junge, mit dem sie gerne ihre Nächte verbracht hatte, vor ein paar Wochen gleich nach dem Frühstück auf einen Friedhof geführt und, an den Gräbern entlangstreifend, mit bewegter Stimme begonnen hatte, von einem unsichtbaren Band zwischen den Lebenden und Toten zu sprechen. Immer wieder war er vornübergebeugt stehengeblieben und hatte geflüstert: »Ist es nicht unfassbar, wie viele schon vor uns da waren?« Aber sie hatte sich rücklings auf einen Grabstein gesetzt, eine Zigarette angezündet und lächelnd geantwortet: »Ist es nicht viel unfassbarer, was alles noch vor uns liegt?«

Sie hatte die Männer nie gebraucht, aber die Männer brauchten sie.

Wahrscheinlich spürten sie das und richteten daher all ihren Ehrgeiz darauf, ihr zu beweisen, dass auch sie über kurz oder lang eine Bindung nötig haben würde. Einen nach dem anderen ließ sie es versuchen – und scheitern. Mit ihrem offenen Gemüt, ihren kurzen braunen Haaren und ihrem ausladenden Gang strahlte sie eine anziehende Unabhängigkeit aus, eine unbändige Lebenskraft, die nicht von vorgefassten Plänen behindert oder unterdrückten Sorgen beschwert werden wollte.

Die Vertreterin lebte mit dem beruhigenden Gefühl, umgeben von lauter Möglichkeiten zu sein. Kinder kriegen, Häuser bauen, Bäume pflanzen ... nichts davon interessierte sie. Während die anderen ihre Hochzeiten planten, während sie verreisten, Kleider kauften und Weine verkosteten, wartete sie gespannt darauf, was als Nächstes passierte. Wenn jemand sie nach der Zukunft fragte, antwortete sie mit dem immergleichen Satz: »Was kommt, kommt.«

Beim Floß angelangt, hatte sie nicht lange gezögert und war an Deck gesprungen. Dabei war ihr das Telefon aus der Tasche gerutscht und ins Wasser gefallen. Kurz hatte sie überlegt, ob sie ihre Flucht abbrechen und in ihre Wohnung zurückkehren sollte. Aber dann war der Regen immer stärker geworden, und sie hatte sich in die Kajüte zurückgezogen.

Als sie aufwachte, war die Nacht schon angebrochen und das Floß, von der Flut fortgerissen, trieb mitten im Strom.

≈

Ohne Vorwarnung dringt jetzt der Lärm von schlagenden Rotorblättern an ihr Ohr. Unwillkürlich legt sie beide Handflächen schützend auf den Hinterkopf. Noch ist am wolkenverhangenen Nachthimmel nichts zu sehen, aber das leicht quietschende, von einem gleichmäßig dröhnenden Donner begleitete Geräusch wird immer deutlicher.

Hinter einer langgezogenen Linkskurve taucht jetzt ein großer Hubschrauber auf. Aus zwei Augenschlitzen unter seiner Heckscheibe wirft er ein grelles Scheinwerferlicht auf die Umgebung. Durch den Windschlag der Rotorblätter gerät das Wasser in Bewegung, Wellen bilden sich und schwappen gegen das Floß.

Vom Licht der Scheinwerfer erleuchtet, zeigt sich nun, was alles im Wasser treibt: Bierkisten, Regenschirme, zerrissene Mülltüten, Kinderwägen, Plastikstühle, dazwischen immer wieder Äste. Auch ein umgestürzter Hochsitz ist zu sehen. Um ihn herum schwimmen ein paar Poster mit nackten Frauen, die sich ein einsamer Jäger wohl zur nächtlichen Gesellschaft an die Innenwand seiner Kanzel gepinnt hat. Über das dunkle Wasser verteilt, wirken sie wie badende Models, die sich im Schutz der Dunkelheit an ihrer Schönheit erfreuen. Ausgelassen schwimmen sie in der Strömung, strecken und recken ihre Körper, lassen sich treiben, tauchen kurz unter und verfangen sich spielend in einer Baumkrone.

Der Hubschrauber ist jetzt genau über ihr und lässt sein Scheinwerferlicht durch das aufgebrachte Wasser rasen. Ein paar Sekunden lang scheint die monströse Maschine in der Luft zu stehen. Der Schlag der Rotoren lässt den Tisch und die Bohlen vibrieren, die Laterne am Haken springt hilflos hin und her.

Langsam streckt die Vertreterin die Hände nach oben. Unschlüssig, ob zum abwehrenden Schutz oder aus hoffnungsvoller Erwartung. Für einige Sekunden steht sie mit ausgestreckten Armen unter dem dröhnenden Vogel, als würde sie ihn ergriffen anhimmeln.

Plötzlich heulen die Rotoren wieder auf – wie aus einem Sekundenschlaf erwacht. Langsam lehnt sich der schwere Körper des Maschinen-Insekts nach rechts, gibt noch einmal ein lautes Brummen von sich, dann fliegt er über einen überfluteten Ruderclub in Richtung Wald davon.

Für einen kurzen Moment ist sie fassungslos. Entrüstet darüber, nicht gerettet worden zu sein.

Aber schon kehrt ihre Gelassenheit zurück. Verächtlich schaut sie dem Hubschrauber hinterher, wie einem Kunden, der sich mitten während des Verkaufsgesprächs von ihr abwendet. Nicht sie nimmt dadurch Schaden, sondern er.

Immer wieder schlagen Wellen gegen die Anlegestelle vor dem Clubhaus. Kajaks werden in die Flanken ihrer Nachbarn gedrückt. Ein Boot hat seinen Vorsteven in den Rumpf eines anderen gerammt, beim nächsten sind Sitz und Tragejoch herausgebrochen und hängen lose über der Reling. Abgesplitterte Holzlatten schaukeln auf dem Wasser. Das Heck eines vornüber gesunkenen Bootes ragt aus der Strömung. Die rot-weißen Torstäbe, die gewöhnlich für die Slalomwettkämpfe am Wochenende knapp über der Flussoberfläche an Drähten aufgehängt sind, zappeln im Wasser. Von der Pegellatte drüben ist nur noch das schwarze Schutzgummi übrig geblieben, die Landestege sind versunken.

Auch das Clubhaus ist schon halb von den Fluten eingenommen. Die Wendeltreppe, die außen zu den Toiletten im Obergeschoss führt, steht zur Hälfte unter Wasser. Die Glasscheiben in den Fenstern sind eingedrückt, nur die Fahne mit dem ehrwürdigen Wappen weht im Giebel tapfer im Wind.

Sie fühlt noch immer keine Angst. Nur Erstaunen. Es kann doch nicht sein, dass sie ganz allein ist. Dass wirklich gar niemand sonst da ist. Keiner ihr zuschaut. Also stellt sie sich zumindest vor, dass man sie erwartet. Am Ende des Flusses. In einer gut klimatisierten Hotellobby, wo man sich über sie unterhält. Sie stellt sich vor, dass Fotos von ihr herumgereicht und Anekdoten über sie erzählt werden, es eine Bar mit schönen Limonadenflaschen gibt und aus den Boxen leise Musik ertönt.

≈

Ihr Blick wandert zur Kajüte, dem hölzernen Verschlag mit den zwei Bullaugenfenstern links und rechts, sowie der quietschenden Eingangstür. Hinten führt eine kleine Treppe hoch aufs Dach. Da oben hatte sie oft gesessen. Auch nach dem Tod des Onkels, als sie ihre Mitbewohnerinnen ein paarmal mit auf das Floß genommen hatte, um die Tradition aufrechtzuerhalten.

Meist waren ihre Freundinnen schon nach kurzer Zeit völlig betrunken gewesen und hatten sich kichernd auf die Teerpappe gelegt. Erzählen, mitreden, wetteifern wollten sie nicht. Also hatte sie allein viele Sätze vor sich hingesagt, bis um sie herum die Atemzüge immer schwerer wurden und einige leise zu schnarchen begannen. Sie konnte das nicht gut ertragen: wenn alle schliefen und nur sie wach war. Dann fühlte sie sich immer, als wäre sie von allen verlassen.

Einmal war einer sitzen geblieben. Ein Bekannter ihrer Zimmernachbarin, der nur für den Abend aus der nächsten Stadt herübergekommen war. Er trank und trank und wurde nicht müde. Irgendwann stand er auf und hielt ihr die Hand vor den Mund, zog sie hoch, griff um ihre Hüften und ließ sie nicht mehr los. Langsam begannen die beiden zwischen den schlafenden Freundinnen zu tanzen und irgendwann küssten sie sich. Und dann, unten in der Kajüte, auf dem alten Sessel ... – die Vertreterin lächelt, als sie sich jetzt daran erinnert.

Mit dem Unterarm wischt sie sich die Gischt aus dem Gesicht. Ihr Floß kommt an den Fassaden der vornehmen Häuser vorbei. Schwimmt durchs Villenviertel. Prächtige Garagen. Hohe Zäune. Ausladende Terrassen. Umgerissene Rattansessel treiben hilflos im Wasser.

In einem der Vorgärten baumeln noch ein paar Lampions an einer Leine – vielleicht hatte hier eine Gesellschaft gerade einen Maskenball gefeiert, als die Nachricht von der Flut kam und sich unter den Gästen wie ein Lauffeuer verbreitete. Ihre Gesichter hinter Tiermasken versteckt, auf Zügellosigkeiten hoffend, die Männer in weiten weißen Hosen, die Frauen in engen dunklen Kleidern, standen sie jetzt da und wussten nicht weiter.

Statt Ausschweifungen und nackter Haut, statt engem Paartanz und Champagnertropfen: die Nachricht von der drohenden Katastrophe.

Sie stellt sich vor, wie eine der Frauen, eine junge Verlobte, ihre Fuchsmaske vom Kopf reißt und gellend zu schreien beginnt. Wie sie dann, um ihren Verlobten zu finden, einem Mann nach dem anderen hart in den Nacken fasst, bis sie das knorplige Muttermal fühlt, an dem sie ihren Liebsten erkennt.

Vor ihren Augen beginnen die Lampions zu leuchten, ein Windhauch fährt durch das Gras, Sterne strahlen vom Himmel herab. Und hinten in der Ecke steht eine Großmutter mit Sektglas und Hütchen.

Sie schüttelt die Szene ab wie eine lästige Fliege und geht unentschlossen ein paar Schritte an Deck hin und her.

Wieder schweift ihr Blick durch das Dunkel. Nichts zu hören außer einem dumpfen Rauschen.

In Wahrheit haben Flüsse gar kein Ende, denkt sie, in Wahrheit fließen Flüsse ineinander über, teilen sich auf, verzweigen und verstärken sich oder strömen irgendwo schäumend ins Meer – aber einfach enden, das tun sie nie. Also hat diese Flucht auch kein Ende, gibt es keine Bekannten, die auf sie warten, keine leisen Musikklänge in irgendwelchen leuchtenden Hotellobbys.

Zum ersten Mal überkommt die Vertreterin ein Gefühl von Unbehagen. Langsam beginnt sie die Gefahr zu begreifen: allein mitten in der Flut, auf einem manövrierunfähigen Floß, das sie nicht steuern kann, ausgerüstet nur mit ein paar Erdnussdosen und etwas Wasser.

Beide Ellenbogen auf die Tischplatte gestützt, legt sie die Stirn in die Handflächen. Während sie überlegt, was am besten zu tun sei, drückt sie den unteren Rücken nach hinten gegen die Stuhllehne und dreht ihren Kopf leicht von einer Seite zur anderen.

Dabei kommt es ihr vor, als ob sie im rechten Augenwinkel einen dunklen Schatten sähe. Ist da nicht eben auf dem Kajütendach etwas Schwarzes gewesen? Ein Umriss, der mit einem Satz im Dunkeln verschwand. Nur ein bisschen totes Geäst wahrscheinlich, das vom Wind vor sich hergetrieben wurde. Oder doch etwas Lebendiges?

≈

Die Vertreterin steht auf und schiebt die Kiste mit den Erdnussdosen zurück unter den Tisch. Sie macht ein paar unbestimmte Schritte nach links, um sich dann langsam Richtung Kajüte zu bewegen. Vorsichtig mustert sie von unten den Rand des Daches, läuft dann um den Verschlag herum und steigt von hinten die Leiter hinauf. Nirgendwo ist eine Spur zu sehen. Keine Federn, keine Köttel. Also doch Einbildung.

Kopfschüttelnd steigt sie die Leiter wieder hinab und läuft in die Kajüte.

Neben dem Gaskocher steht eine aufgerissene Nudelpackung und erinnert sie daran, dass sie Hunger hat. Aus der Vordertasche ihres Kapuzenpullis fingert sie eine Zigarette und erhitzt etwas Wasser in einem Topf. Sie versucht, betont genussvoll zu rauchen – so wie der Onkel es immer vorgemacht hatte. Dafür legt sie den Kopf in den Nacken und pustet Kringel in den Rauch. Aber ganz gelingen will es ihr nicht. Die Zigarette geht aus, sie muss noch einmal nachzünden und stößt dabei ihren Hinterkopf gegen ein Regal mit klirrenden Gläsern.

Der kleine rostige Schwedenofen gegenüber verspricht etwas Gemütlichkeit. Durch das Bullaugenfenster daneben fällt ein feiner Strahl Mondlicht. Ein leichter Beschlag auf der Scheibe lässt alle Bewegungen draußen gemessen und wie hinter einem Schleier erscheinen.

Um ihren Leberfleck an der linken Wange bilden sich winzige Schweißperlen. Die Vertreterin raucht jetzt schneller und starrt dabei auf die knarrenden Bohlen. Von unten schlägt das Wasser heftig gegen die Pontons. Deutlicher als zuvor nimmt sie das Rauschen der Strömung wahr und das Rumpeln, wenn das Floß vorne gegen Treibgut stößt.

Sie denkt an die strikte Anweisung des Onkels: Bei

Unwetter und hohem Seegang in jedem Fall in der Kajüte bleiben. Nicht, dass sie auf ihren gemeinsamen Schipper-Touren durch die Kanäle vor der Stadt jemals in Seenot geraten wären, und doch hatte der Onkel zu Beginn jeder Fahrt eine Sicherheitsunterweisung gegeben, hatte auf Fluchtwege und Schwimmwesten hingewiesen, als wäre er Kapitän auf einem Kreuzfahrtschiff und trüge Verantwortung für Hunderte Passagiere. Dabei war es ja immer nur sie gewesen, die mit baumelnden Beinen auf dem Dachrand gesessen und ihm zugehört hatte ...

Ein plötzlicher Schlag erschüttert das Floß. Als wäre ein Stein vom Himmel gefallen, ächzen die Bohlen unter der Last. Aufgeschreckt fährt sie hoch. Im Bullaugenfenster sieht sie die Umrisse eines monumentalen Brückenpfeilers.

Sie macht ein paar Schritte im Raum, wie zur Probe, ob der Boden noch hält.

Das Floß wirkt schwerer. Sie stellt den Gaskocher aus.

Mit einer vorsichtigen Drehung wendet sie sich zur Kajütentür und schiebt sie mit einem Fußtritt auf. Ein Windzug fährt ihr ins Gesicht.

Immerhin: Die Laterne hängt noch am Haken und flackert genauso wie vorher. Der Tisch ist verschoben, ist quer über den Teppich gerutscht und hat sich links vorne in der Ecke verkeilt.

Dahinter liegt etwas.

Hastig greift sie nach der Laterne und läuft über das Deck. Sie tritt nah an die Tischplatte heran und leuchtet darüber hinweg in die Ecke.

Ein Kleiderhaufen.

Zwischen grauem und rotem Stoff bilden sich langsam die Umrisse eines Körpers heraus, sind Unterschenkel, ein Rücken und zwei Ellenbogen zu erkennen. Ungläubig beugt sie sich noch ein wenig weiter nach vorne, bis sie es deutlich vor sich sieht: Die Knie dicht an den Bauch gezogen, den Kopf zwischen beiden Armen in eine Art Schutzhaltung gebracht, kauert dort: ein fremder Mann.

≈

Sie tritt ein paar Schritte zurück. Die Laterne hält sie wie zur Abwehr nach vorne gestreckt. Angestrengt beobachtet sie, ob sich der Kleiderhaufen bewegt. Misstrauisch betrachtet sie den Fremden. Sie sucht nach Verletzungen am Körper, Anzeichen einer Schwächung. Schon im nächsten Augenblick könnte der vom Himmel gefallene Kleiderberg auf sie zustürzen, sie angreifen. Darauf muss sie vorbereitet sein.

Ein, zwei Minuten vergehen so, ohne dass etwas geschieht.

Dann kommt eine Hand zum Vorschein, tastet überm Kopf nach dem Tau. Zwei Gummistiefel werden von den Füßen geschüttelt, schwere Atemzüge.

Der Mann streckt seine Glieder und dreht sich ins Laternenlicht.

Zuerst sieht sie seine weit aufgerissenen Augen.

Still bleibt sie vor ihm stehen. Macht keine Bewegung, als stünde sie einem Schlafwandler gegenüber, der mit einem Bein auf dem Dachfirst balanciert – ein falscher Ton, eine vorschnelle Regung und er stürzt ab in die Tiefe.

Unwillkürlich sucht sie in seinem Gesicht nach einem freundlichen Zug, etwas, dem sie trauen kann. Für gewöhnlich liest sie gut in fremden Gesichtern. Aber hier: kein scheues Lächeln, keine hilfesuchende Miene, nicht einmal ein loses Zucken der Mundwinkel. Es ist, als würde er ihren Blick nicht erwidern. Als starrte er aus seinen weit aufgerissenen Augen einfach durch sie hindurch ins Dunkel.

Langsam löst ihr Körper sich aus der Starre. Ohne den blinden Passagier auch nur für eine Sekunde aus den Augen zu lassen, weicht sie vorsichtig zurück, setzt einen Fuß nach dem anderen rückwärts, bis sie sich so weit entfernt hat, dass er sie nicht mehr mit einem plötzlichen Sprung erreichen kann.

Hastig stellt sie die Laterne auf dem Boden ab, ballt ihre Hände zu Fäusten. Lauert. Um sie herum nur das dumpfe Rauschen der Flut.

Eben noch hat sie sich nach einem Beobachter gesehnt. Nach jemandem, der über ihre Gelassenheit staunen und anderen später davon berichten kann. Aber diese Augen stärken sie nicht.

Wie aus weiter Ferne blicken sie zu ihr herüber. Der Körper des Fremden, noch immer ohne Regung, kauert nach dem Sturz in einer merkwürdigen Haltung. Ist er doch verletzt?

Mit dem Rücken an der Kajütentür und der Laterne vor ihren Füßen wartet sie ab.

Jetzt blinzelt er in das Licht hinein. Langsam scheint er zu Bewusstsein zu kommen, kneift die Augen zusammen. Einen Augenblick lang kommt er ihr bekannt vor. Aber dann verlischt die Laterne, und das Gesicht des Fremden verschwindet im Dunklen. Sie spürt, wie er sich ruckartig aufsetzt. Schon will sie zurückspringen, um sich in der Kajüte zu verschanzen, als sie ihn mit gedämpfter Stimme flüstern hört: »Das kann doch nicht wahr sein.«

≈

Er braucht Zeit, um zu begreifen, wo er ist und wer vor ihm steht. Noch ist er unter Schock. Einfach auf gut Glück hinab in die Tiefe zu springen und dann nicht in den Fluten, sondern auf einem Deck aufzuschlagen ... Der Zufall hat ihn starr gemacht.

Erst in dem Augenblick, als das Laternenlicht ausgeht, erkennt er die Vertreterin. Aber mehr als einen Ausdruck seines Erstaunens bekommt er nicht über die Lippen.

Er hört, wie sie in die Kajüte tritt und dort nach etwas sucht. Wie sie Schubladen auf- und zuzieht, zwischen klirrenden Gläsern herumfährt und einen Sessel verschiebt.

Er ahnt, dass sie ihn nicht erkannt hat. Ihn wahrscheinlich als Eindringling wahrnimmt, vielleicht sogar als Gefahr. Was sucht sie in ihrer Kajüte? Einen Schlagstock? Ein Messer?

Mühsam zieht er sich am Tau hoch und kriecht tastend vorwärts. Er spürt keinen Schmerz. Wie durch ein Wunder scheint er unverletzt geblieben zu sein. Keine Brüche, keine Verstauchungen. Jene Hülle, die ihm so oft so durchlässig vorkam, hat standgehalten.

Das Rauschen des Flusses ist stärker geworden, hier und da schwappt etwas Gischt über das Tau und rinnt hinunter auf die Bohlen. Er stößt mit seinen Fingern an den Rand eines Teppichs, der in der Mitte des Decks liegt. Ein paar prüfende Handgriffe genügen ihm, um auch im Dunkeln seine Herkunft zu bestimmen. Mit beiden Unterarmen fährt er langsam über den zerschlissenen Stoff und drückt so die Nässe aus dem Gewebe.

Als er die Ausmaße des Teppichs überschlagen hat, hält er kurz inne. Aus der Kajüte dringt plötzlich kein Laut mehr, die Vertreterin scheint gefunden zu haben, was sie sucht. Und weil er nichts anderes zur Hand hat, um sich zu schützen, steht er mit einem Ruck auf, hebt den Teppich vom Boden und legt ihn um wie eine Rüstung. Er wickelt sich ganz in den schweren Stoff ein. Zieht ihn hoch über seine Brust bis ans Kinn.

So steht er da mit wackligen Beinen, wie ein kleiner schiefer Turm.

≈

Diesmal erkennt sie ihn sofort: Sieht den Verkäufer aus dem Teppichladen vor sich, in dessen Laden sie einmal bei strömendem Regen geflüchtet ist. Mit der erloschenen Laterne in der einen und dem endlich gefundenen Feuerzeug in der anderen steht sie da und versucht, sich an die Details ihrer Begegnung zu erinnern. Aber so sehr sie auch ihr Gedächtnis bemüht, sie kommt nicht auf mehr, als dass er stumm dagestanden hatte.

Eigentlich sollte der Umstand, dass jetzt ein anderer mit an Bord ist, sie beruhigen. Aber der Anblick des verstockten, in ihren Teppich eingewickelten Fremden hilft dabei nicht.

Gerade als die Vertreterin ihn ansprechen will, schrillt ein unangenehmer Ton von Backbord her auf und lässt sie zusammenzucken. Wie eine Gabel, die sich in einer Glasschüssel dreht. Hastig entzündet die Vertreterin die Laterne und lehnt sich über das Tau.

Im flutenden Wasser meint sie auf einem flachen Brett die Umrisse von drei Tiergestalten davongleiten zu sehen. Aber so reglos wirken die Schemen, dass sie gleich wieder zweifelt, ob es nicht doch drei gebogene Äste gewesen sind.

Kaum hat sie das Brett mit den Umrissen aus den Augen verloren, erschüttert ein nächster Quietschlaut das Floß. Sie beugt sich hinunter und sieht eine Gruppe von ertrunkenen Schimpansen vorbeischwimmen, die im verzweifelten Todeskampf ihre Finger verkrampft haben und mit ihren Nägeln an den Kunststoff-Pontons entlanggeschrammt sind. Ihre Körper sind aufgedunsen, ihre Felle zerfranst. Die Köpfe halb unter Wasser, schwimmen sie eine kurze Zeitlang neben dem Floß her, um dann wieder in der Dunkelheit zu verschwinden.

Sie holt Luft und atmet den Geruch von Verwesung ein.

Im flackernden Licht ihrer Laterne kommen immer mehr Tierkadaver zum Vorschein: Zwischen Treibholz und Ästen blitzt die ledernde Haut eines Elefanten auf. Der massive Rücken des Tieres tritt deutlich hervor, Umrisse der Wirbelsäule sind zu sehen, der Ansatz des Schwanzes und vorne der Nacken, vom Gewicht des Kopfes fast ganz unter Wasser gezogen.

Rechts treibt eine erschlagene Anakonda, deren Körper sich in einer Baumkrone verfangen hat.

Ein Pelikan mit gebrochenem Schnabel zieht seinen aufgerissenen Kehlsack hinter sich her wie eine blutige Einkaufstasche.

In der Ferne meint sie dann noch einmal die drei Silhouetten auftauchen zu sehen, wie sie auf ihrem Brett stumm zwischen den Leichen herumschwimmen, als würden sie die Toten begutachten.

An der rechten Uferseite entdeckt sie Volieren, die aus dem Wasser ragen, auf das Affenhaus ist eine riesige Eiche gestürzt, aufgebrochene Gatter und zerrissener Draht zeugen vom verzweifelten Überlebenskampf der Tiere, die sich vielleicht in letzter Minute aus ihren Käfigen befreit hatten, um dann entkräftet in den Fluten unterzugehen.

Besonders ängstlich ist die Vertreterin nie gewesen – schon als Kind hatte sie mit großen Augen im Auto am Fenster gesessen, wenn die Eltern an einem schweren Verkehrsunfall vorbeifuhren. Sie empfand keine Scheu vor Verletzungen oder Zerstörungen, stand wie gebannt vor brennenden Häusern, eingeschlagenen Schaufenstern oder niedergestochenen Freiern und beschrieb später im Detail, was sie gesehen hatte. Solange etwas in Worte zu fassen war, konnte es sie nicht erschüttern. Aber das hier ist schwer zu beschreiben. Hilfesuchend wendet sie sich dem stummen Verkäufer zu.

Der Mann ist noch immer in ihren Teppich eingerollt und hat die Augen geschlossen. Es ist, als wolle er nicht wahrhaben, was um ihn herum geschieht. Als fürchte er sich vor den Erinnerungen, die solche Bilder hinterlassen könnten.

Langsam fährt das Floß am überfluteten Zoo vorbei. Die ertrunkenen Tierkörper werden weniger, hier und da blitzt noch das Genick eines Marabus auf, zeigt sich die verstümmelte Kralle eines Lemuren, aber bald schon schließt sich die schmutzige Wasserdecke wieder und tut so, als wäre nichts gewesen.

≈

Langsam läuft der Fluss jetzt aus, werden die Sträucher dichter, drängen die Bäume nach vorne ans Ufer. Wohnhäuser machen Gewerbeanlagen Platz, Grünflächen werden weiter.

Das Floß gleitet sanft über das Wasser, vorbei an letzten Campingplätzen und Recyclinghöfen, stählernen Überführungen und Zugtrassen. Die Strömung ist jetzt ruhiger, nur hier und da schlägt noch eine Welle hoch, taucht ein Ast auf.

Die Vertreterin hat sich auf das Kajütendach gesetzt. Im fahlen Laternenlicht wirkt ihr Gesicht matter und sorgenvoller als zuvor.

Wie sie da oben sitzt, erinnert ihn das an Nachmittage auf dem elterlichen Balkon. Als kleines Kind hatte er dort oft Stunden verbracht und über die dicht befahrene Straße hinweg in die Fenster der gegenüberliegenden Häuser geschaut. Hatte die Menschen bei ihrem Tun beobachtet, ohne sie zu kennen oder zu verstehen. Hatte gesehen, wie sie rauchten, telefonierten, sich über die Bäuche strichen, einen Tisch deckten oder auf ihre eigenen Balkone traten, um Kräuter zu holen oder die Bettdecken auszulüften. Manchmal hatte er ihnen auch gewunken.

Er fragt sich, warum sie nicht mit ihm spricht. Sie, die doch bei ihrer ersten Begegnung so gesprächig gewesen ist. Er sucht nach Erklärungen: Vielleicht redet sie nur, um zu verkaufen. Vielleicht berechnet sie genau, wem sie was sagt. Ist sie gar nicht so großzügig mit den Worten, wie er sie sich vorgestellt hat. Vielleicht war es doch nur der Regen gewesen. Vielleicht ist sie in Wahrheit doch eine von denen, damals auf der anderen Straßenseite. Eine zum Anschauen, nicht zum Kennenlernen.

≈

Noch immer steht er da. Eingewickelt in ihren Teppich, den Kopf leicht gesenkt, erinnert er sie an eine lebende Statue, die sie einmal auf dem großen Platz vor der Kirche entdeckt hatte.

Es war ein heißer Sommernachmittag gewesen, die Sonne brannte, der Schatten der Kirche wurde schmaler und schmaler. Von schweren schwarzen Tüchern verhüllt, stellte die Statue eine Pestkranke dar, wie es sie früher in der Stadt viele gegeben hatte.

Die vermummte Frau stand an diesem heißen Sommertag allein auf dem Platz und litt unter der Hitze, gnadenlos brannten die Sonnenstrahlen auf ihre schwarzen Tücher. Mit winzigen Trippelschritten wollte sie unbemerkt in den Schatten fliehen.

Doch kaum hatten sie sie entdeckt, stürmten sie und ihre Freunde aus einer nahegelegenen Eisdiele hervor und umzingelten die lebende Statue kichernd. Ein paar Minuten lang umkreisten sie die Frau voller Schadenfreude, ohne innezuhalten, ohne nachzudenken. Bis sie zu Boden sank, sich die Tücher vom Körper riss und japsend nach Luft rang.

Wie sie den Verkäufer jetzt auf ähnliche Weise starr vor sich sieht, überkommt sie plötzlich der Wunsch, es wiedergutzumachen. Ihren Fehltritt von damals zu korrigieren. Mit einer leichten Handbewegung will sie ihm zu verstehen geben, dass von ihr keine Gefahr ausgeht. Aber als er nicht gleich darauf reagiert, zieht sie die Hand schnell wieder zurück.

≈

Sie hat sich vorne auf das Kajütendach gesetzt und schaut auf ihn herab wie auf ein gefangenes Tier. Als könnte jede seiner Bewegungen die falsche sein. Ihr stechender Blick verstört ihn. Es kommt ihm vor, als ob er etwas falsch gemacht hätte und dafür bestraft werden soll.

Die Vertreterin räuspert sich.

Erschrocken blickt der Verkäufer zu ihr auf. Sie fährt sich mit der linken Hand über die Stirn und weiter über den Kopf in den Nacken.

Gleich wird sie ihn sicher anbrüllen: Was willst du? Verschwinde! Runter von meinem Floß!

Aber nein. Nichts. Sie sagt nichts. Es ist doch ein Wahnsinn, dass sie nicht mit ihm spricht. Gerade sie. Eine halbe Stunde hatte die Vertreterin in seinem Laden gestanden und ununterbrochen geredet. Ohne Punkt, ohne Pause. Und jetzt schweigt sie. Das kann doch nicht wahr sein.

Fast schon wünscht er sich, dass sie ihn herumkommandiert: Geh hierhin und dorthin! Mach dies und das, bück dich, schleich dich, steh aufrecht, mach den Mund zu, schau mich an, wenn ich mit dir spreche!

Warum bittet sie ihn nicht um Hilfe? Berichtet ihm von einem Schaden an ihrem Floß, der unbedingt behoben werden muss? Warum fragt sie ihn nicht endlich nach seinem Namen?

Er wartet darauf, dass die Vertreterin sich bewegt, aber sie rührt sich nicht. Stattdessen wirkt sie jetzt gelassener, ihre Gesichtszüge entspannen sich.

Und noch während er auf ein Zeichen von ihr wartet, rollt er sich aus dem Teppich, hebt ihn auf seine Arme und hört sich plötzlich flüstern: »Wollen wir nicht reingehen?«

≈

Regen ist wie zur Reinigung gekommen. Wie um allen Dreck wegzuwischen, fällt er auf das Deck. Auf einmal macht es den Anschein, als wäre die Katastrophe nur ein kurzes Zwischenspiel gewesen, und nun sei man schon wieder auf dem Weg der Besserung.

Hinter den Baumreihen am Ufer steigt leichter Nebel auf. Der Wind legt sich, selbst die Böen haben sich erschöpft.

Für einen Moment macht alles einen friedlichen Eindruck. Nur ein paar umgerissene Baumstämme erinnern noch an die Wucht der Zerstörung.

Die beiden sitzen am Boden. Hinter der Fensterscheibe prasselt der Regen auf den Umlauf. Zwischen ihnen stehen eine Schale mit Erdnüssen und zwei Wassergläser.

Das Licht der Laterne strahlt auf ihre Gesichter und lässt sie in einem rötlichen Glanz erscheinen.

Die Vertreterin hat ihre Knie dicht an den Körper gezogen und sich auf das ausgeleierte Ende ihres Kapuzenpullovers gesetzt. Sie zieht an ihren Fingern   jeden einzelnen Finger, bis er knackt. Immer wieder zieht sie, hält kurz inne, wartet auf das Geräusch.

Er beobachtet sie aufmerksam. Beginnt heimlich, es ihr nachzumachen. Zieht auch an seinen Fingern. Einen nach dem anderen. Wartet, bis es knackt. Dann weiter zum nächsten. Die ganze Hand. Rechts und links. Und wieder von vorne.

Als sie das bemerkt, huscht ein kurzes Lächeln über ihr Gesicht.

Eben noch, als sie oben gesessen und er unten gestanden hat, sind sie nur zufällig am selben Ort gewesen, wie Fahrgäste im selben Bus. Aber der eine Satz hat alles geändert. Ein Satz wie von altem Ehemann zu alter Ehefrau, von Tochter zu Vater: »Wollen wir nicht reingehen?«, als gäbe es keinen Zweifel daran, dass sie zusammengehören, weil er er ist und sie sie. In dieser Flutnacht, auf diesem Floß – nicht mehr der eine und die andere, sondern eben das: zu zweit.

Sie war über die Leiter hinten vom Dach gestiegen, hatte die Tür zur Kajüte aufgestoßen und eine Schale mit Nüssen und die beiden Wassergläser bereitgestellt.

Dann hatten sie sich nebeneinandergesetzt und geschwiegen, so als wäre schon lange alles gesagt.

Plötzlich hebt sie ihr Glas. Wartet kurz, will es schon wieder senken – da tut er dasselbe. Mit einem sanften Klirren lassen sie ihre Gläser aneinanderstoßen. Etwas Wasser schwappt über den Rand und läuft ihnen über die Finger.

≈

Er stellt sich vor, wie sie Reden auf runden Geburtstagen hält. Das kann sie sicher sehr gut. Ohne sich vorzubereiten auf einen Stuhl steigen und so reden, dass die anderen lachen und gerührt sind und am Ende weniger dem Geburtstagskind als vor allem ihr gratulieren wollen.

Er stellt sich vor, wie in ihrer Wohnung gelacht und getanzt wird. Wie sie immer Freunde um sich hat, ein offenes Haus führt, heitere Abendessen gibt in ihrer

Küche mit der gurgelnden Limonaden-Zapfanlage und dem Blick auf die Kirchturmspitze. Mit vielen Kerzen und überquellenden Brotkörben. Auch die Musik im Hintergrund stellt er sich vor und das Gewirr der Stimmen.

Und sie: als der Satellit, um den die anderen kreisen. Als eine, die sich ohne Verpflichtungen von einem zum anderen bewegt und im nächsten Augenblick immer noch jemanden hinzugewinnen kann.

Dass sie portugiesische Teppiche vertritt, verdankt sie vielleicht der Begegnung mit einem älteren Mann. Kennengelernt hat sie ihn bei einem Malkurs in der Volkshochschule, bei dem sie als Modell posierte, so stellt er es sich vor, ein Teppichhändler, der feine Stoffe aus aller Welt importiert, aber nebenher viel Zeit hinter der Staffelei verbringt.

Zum Abschluss des Kurses schenkt er ihr eine goldene Halskette und gewinnt sie dafür, seine unverkäuflichen Teppiche in der Stadt zu vertreten. Und also zieht sie schon bald von einem Geschäft zum nächsten und tut das, was sie am liebsten macht: reden und dabei auf andere wirken.

Er stellt sich vor, wie sie schläft. Er stellt sich vor, wie sie träumt.

So vieles stellt er sich vor. Dabei sitzt sie doch neben ihm. Dabei könnte er sie jetzt doch einfach fragen.

≈

Von draußen sind ferne Schreie zu hören. Undeutlich, abgeschwächt. Als ob jemand um Hilfe rufen will, aber eine fremde Hand ihm den Mund zuhält.

Sie springen auf.

Der Regen hat aufgehört, kein Windhauch regt sich mehr. Das Floß schwimmt jetzt mitten durch den Wald. Links und rechts säumen dichte Baumreihen das Ufer, Büsche nehmen Kontur an, sind nicht mehr nur schattige Schemen, sondern heben sich deutlich von der nächtlichen Finsternis ab. Der Fluss ist schmaler geworden, als würde er sich künstlich verjüngen und vom ausgewachsenen Strom wieder in den Status des kindlichen Bachs zurückkehren.

Auch die Strömung ist schwächer geworden, das Wasser schwappt nur noch beiläufig gegen die Pontons.

Am rechten Ufer neigen die Bäume ihre Kronen tief herab, als träumten sie davon, sich von aller Last zu befreien. Von links strecken sie ihre Äste weit herüber und streichen mit ihren Astspitzen über das Kajütendach.

Über das Tau gebeugt, versuchen sie, besser zu hören. Sie halten die Hände an ihre Ohrmuscheln. Die Schreie kommen jetzt regelmäßiger. Abgehackt schallen sie durch den Wald. Woher, ob vom linken oder rechten Ufer, ist nicht auszumachen. Vielleicht ein Mann, der nach seinem Hund ruft? Oder eine alte Frau, die sich weigert, ihr Haus zu verlassen?

Ungeduldig fährt die Vertreterin mit den Händen über die hinteren Taschen ihrer Jeans. Er steht neben ihr und hält die Arme eng an seinen Körper.

Als das Floß um eine Kurve herumtreibt, legt sich ein glühendes Rot auf den Bug. Zwischen den Bäumen hindurch schimmert ein flackernder Lichtschein.

Bald wird das ferne Kreischen von krachendem Prasseln übertönt. Zwischen den dichten Bäumen sind Flammen zu sehen. Funken steigen in den Himmel auf.

Gebannt schaut sie zwischen den Ästen hindurch auf das feurige Glühen, während er den Kopf schon wieder gesenkt hat und tief im Wasser etwas zu suchen scheint. Erst kommt ihr seine Gleichgültigkeit unsinnig vor, aber als sie seinem Blick folgt, als sie über das Tau auf das von Feuerblitzen erhellte Wasser schaut, stößt sie plötzlich einen spitzen Schrei aus.

Im aufflackernden Licht der Flammen sieht sie den aufgedunsenen Körper eines alten Mannes treiben. Er liegt auf dem Rücken, die Hände vor dem Bauch gefaltet wie bei einem kurzen Mittagsschlaf. Um den Hals trägt er eine Kette, an seinem rechten Mittelfinger glänzt ein silberner Ring.

Mit einem heruntergebrochenen Ast holt der Verkäufer den treibenden Körper an das Floß heran, stochert und schiebt. Die Ärmel seines gelben Regencapes sind an den Seiten eingerissen, die Lippen wölben sich aus dem weißen Vollbart hervor wie ein Ring aus verwittertem Gummi. Mit Schwung lehnt er sich über das Tau, streckt seinen rechten Arm aus und fühlt den Puls.

Er beugt sich noch ein Stück weiter nach vorne, scheint sich noch einmal vergewissern zu wollen, dann schüttelt er langsam den Kopf.

Die Vertreterin bekommt es mit der Angst zu tun.

Erinnerungen an Schauergeschichten ihres Onkels werden wach. Von Arbeitern auf der Ölstation, die nachts betrunken über den Hubschrauberlandeplatz getorkelt und Hals über Kopf in die Fluten gestürzt seien. Eine Zeitlang habe man sie noch um Hilfe brüllen hören, aber bald seien die Schreie unter den brechenden Wellen verstummt.

Wer war dieser Tote?

Vielleicht ein pensionierter Architekt, der in seinem Badezimmer von der Flut überrascht worden war? Oder ein Schleusenwärter, der bis zuletzt an seiner Station ausgeharrt hatte, um dann zum Schluss mit gefalteten Händen in die Strömung zu springen? Ein Großvater? Ein bester Freund?

Der Verkäufer will den Leichnam bergen. Ihn herausholen aus dem dunklen Fluss, ihn an Deck aufbahren und in den Teppich wickeln, damit er später ein würdiges Begräbnis bekommt. Später, wenn all das hier vorbei ist und endlich der Morgen anbricht.

Er beugt sich herunter und will den Toten an seiner Halskette zu sich heranziehen. Da spürt er die Hand der Vertreterin auf seiner Schulter und wendet sich um. Sie schüttelt ängstlich den Kopf.

Kurz zögert er, dann gibt er den toten Körper wieder frei, lässt widerwillig die Halskette los. Der Kopf des Ertrunkenen schlägt noch ein paarmal gegen die Pontons, dann schwimmt der aufgedunsene Leichnam vom Floß weg zurück in die Strömung. Noch einmal dreht er sich im Kreis, als würde er zum Abschied eine kleine Nummer darbieten. Dann ist er verschwunden.

IV.

DAS LAND

NIE NACHTS AN FREMDE UFER GEHEN. Nie durch Moore irren – im Glauben, man würde seinen Weg schon finden.

Unter allen Umständen bis zur Morgendämmerung warten. Es irgendwie aushalten. Nur nicht nachts von Bord gehen.

Die Warnung des Onkels kommt ihr wieder in den Sinn, jetzt, als sie neben dem Verkäufer auf die glühende Feuerwand schaut. Die Flammen schlagen hoch in den Himmel empor. Obwohl es nur ein Baum ist, der brennt, in der Mitte einer kahlen, wie zur Kirrung hergerichteten Fläche.

Sie sind eben doch von Bord gegangen. Wie Pferde, die vom Sog der Flammen angezogen werden und statt zu fliehen geradewegs ins Feuer hineinlaufen. Das Floß haben sie notdürftig am Ufer vertäut, sind durchs Dickicht gebrochen und auf den brennenden Baum zugelaufen.

Das Funkengestöber erscheint ihr wie Regen aus brennendem Heu. In immer heftigeren Schauern fallen die Funken herab und bilden einen flammenden Vorhang.

Sie sieht, wie die Äste auf den Boden stürzen. Fühlt die Gluthitze auf ihrer Haut. Durch die Flammen hindurch erkennt sie ein verkohltes Vogelnest. Eine rötliche Flüssigkeit rinnt die Rinde herab, als ließe der Baum allen Lebenssaft aus sich herauslaufen.

Der Verkäufer steht reglos neben ihr und hört die Flammen lachen. Immer mehr Laute und Töne dringen in sein Ohr. Von überallher knackt und kracht, bricht und bröckelt es. Er hört, wie die Flammen triumphierend pfeifen, wenn sie wieder einen Meter höher geklettert sind. Hört, wie das Holz ächzt.

Mitten in dem groben Gewirr der Klänge ist es ihm auch, als höre er wieder das Schreien. Leiser und schwächer als zuvor, als wären die Kehlen, aus denen es dringt, jetzt schon ganz heiser. Ihm kommt es vor, als käme das von den Blättern. Als riefen sie nach Hilfe.

Die Gesichter der beiden leuchten im roten Schein der Flammen. Wortlos stehen sie nebeneinander.

Vorsichtig schiebt er seine linke Hand in die Hosentasche, bis er mit den Fingerspitzen wieder an das Gewölle stößt. Das haarige Knäuel liegt warm in seiner Hand. Noch immer spürt er das raue Zusammen aus Dreck, Haaren und Staub. Dann greift er, als wäre es ihm von einer fremden Macht befohlen, plötzlich nach ihrer Schulter. Und zieht sie vom brennenden Baum fort.

≈

Das Unterholz schlägt gegen ihre Hacken. Im Rücken spüren sie noch die Hitze des Feuers, das bei ihrem Aufbruch entrüstet aufgeflammt ist. Dicht hintereinander laufen die beiden jetzt durch den Wald. Kein richtiger Weg will sich vor ihnen auftun, nur hin und wieder spüren sie unter ihren Schuhen kantige Spuren im Boden, die schwere Kettenfahrzeuge vor langer Zeit hinterlassen haben.

Zwischen den Wipfeln zeigt sich jetzt ab und zu wieder der Mond und erleuchtet für einen Augenblick die Umgebung: fällt auf ein verendetes Wildschwein, auf gelbe Markierungen an Baumstämmen, auf leere, kopfüber in Maulwurfshügeln versenkte Schnapsflaschen.

Sie sind losgelaufen, ohne zurückzuschauen. Haben keinen Plan gefasst, keine Möglichkeiten abgewogen. Sie sind einfach fortgestürmt.

Vom Feuer weg laufen sie tiefer in den Wald hinein, mal geht er vorne, mal überholt sie. Sie müssen sich auf ihre Tritte konzentrieren, wechseln nur wenige Worte. Eine knappe Warnung vor einem zurückschnellenden Ast, ein beiläufiger Hinweis auf einen verlassenen Fuchsbau.

Sie überqueren einen Sumpf, an dessen Rändern Birken stehen – dicht an dicht, als hielten sie Wache. Ihre gestreiften Rinden schimmern silbrig, ihre Wurzeln sind von Moos überdeckt.

Je weiter sie auf die unebene Fläche hinaustreten, desto weicher wird der Boden unter ihnen. Bald kleben dicke Erdklumpen an ihren Sohlen und machen die Füße schwer. Ein paarmal bleiben seine Gummistiefel im Untergrund stecken, dann muss sie ihn stützen und ziehen. Hintereinander springen sie von einer Erhebung zur nächsten, stürzen, helfen sich auf, überqueren ein paar letzte Gräben. Hastig zwängen sie sich dann zwischen ein paar Ästen hindurch und sehen, noch in einiger Entfernung, ein glitzerndes Weiß durch die Baumstämme schimmern.

Sie setzen sich auf zwei Feldsteine. Nichts regt sich. Kein Vogelschrei, kein fernes Rauschen ist mehr zu hören. Die Flut, das Feuer, die Schreie – all das scheint nun weit weg zu sein. Sie sitzen da und sammeln Kraft.

Dann kommt Wind auf. Ein kurzer Stoß nur, der über das Feld hinwegfährt.

Mit ihm setzt ein ungeheures Rascheln und Knistern ein.

Hell fällt das Licht des Mondes auf ein wogendes weißes Meer aus Plastiktüten – eng an eng, neben- und übereinandergeschoben, sich aneinander reibend, die Träger verknäult und verknotet: Tausende Tüten.

Der Verkäufer hört das Rascheln und denkt wieder, es seien Stimmen. Hört, wie sie tuscheln, wie sie sich absprechen und skandieren. In seinem Kopf hallen ihre Rufe nach: »Mehr Liebe. Mehr Leben.«

Fast gleichzeitig springen die beiden auf und laufen vor aufs Feld. Übermütig, wie im ersten Schnee, lassen sie ihre Hände durch das knisternde Plastik fahren. Die Tüten streichen zart um sie herum, fast so, als würden sie ihnen schmeicheln und sie anbetteln wollen: »Nehmt uns mit auf die Reise.«

Langsam bahnen sie sich ihren Weg über das Feld.

Sie geht voran. Er folgt. Plötzlich ruft sie, dass das alles doch ein Wunder sei, ein großes Wunder.

Bei all den Seltsamkeiten des Lebens sei das doch die größte, flüstert sie: dass man nicht zueinanderkommt. Sich verpasst, aus dem Weg geht, sich nicht kennenlernt. Monatelang lebt man Wand an Wand neben jemandem, ohne ihn je zu sehen. Dieselbe verputzte Mauer, nur von unterschiedlichen Seiten: berührt, betrachtet, beatmet, aber nie ein Blick, nie eine Begegnung. Und doch hat man am Ende ja zusammengelebt, die Jahre nebeneinander verbracht …

Er schaut, während sie spricht, auf ihren Rücken, bewundert die kurzen Haare, die ihren Nacken nicht ganz bedecken. Verfolgt ihre Hände, wie sie beim Gestikulieren immer wieder ausladend durch die Kornähren fahren und die Tüten aus dem Weg schieben.

Jetzt kommt sie auf ihre Begegnung zu sprechen, sagt: »Wie bei uns zum Beispiel.« Erinnert sich daran, wie sie tropfend in seinen Laden gestürmt ist, nicht mit Absicht, wie sie noch einmal ausdrücklich betont, sondern aus purem Zufall – »Wäre der Regen nicht gewesen, hätten wir uns nie getroffen.«

Erst will er nichts erwidern, aber als sie dann so kurz und knapp von ihrer Begegnung spricht, als wäre sie nur ein weiterer Beleg unter vielen, schmerzt es ihn doch.

Leise und ein wenig vorwurfsvoll beginnt er, seine Version der Geschichte zu erzählen: Wie sie sich an jenem Tag mit dem Rücken an die Teppichrollen gelehnt, wie sie ihren Fuß auf die Sitzbank gestellt, die tropfenden Hände unter dem Regencape hervor zur Bonbonbox gestreckt und ihre Unterschenkel an der Theke gedehnt hatte. Dann hatte sie ihr Cape vom Ständer hochgelupft und die linke Hand zum Abschied gehoben.

Er beschreibt ihre kurze Anwesenheit in seinem Laden wie den Auftritt einer berühmten Persönlichkeit.

Sie lächelt, geschmeichelt von den vielen Details, die er von ihrem kurzen Aufenthalt im Gedächtnis behalten hat. Und doch fehlt ihr das Wesentliche: »Aber was habe ich denn gesagt?«, flüstert sie und dreht den Kopf neckisch zu ihm.

Von ihrem unerwarteten Einwand überrascht, beißt er sich auf die Lippen und gibt sofort zu: »Das habe ich vergessen.«

Unwillkürlich hat er das Gefühl, sich bei ihr entschuldigen zu müssen. Er will der Vertreterin beschreiben, wie er die Welt sieht, warum er Regenrinnen auswischt, Sitzpolster glattstreicht, an Busbahnhöfen wartet. Er versucht verschiedene Satzanfänge, beginnt immer wieder aufs Neue, aber bricht doch gleich wieder ab:

»Ich komme schlecht mit, wenn die Leute reden … immer fürchte ich, etwas zu verpassen, und dann passe ich nicht richtig auf … die Worte schwirren um mich herum wie Fliegen.«

Da dreht sie sich plötzlich um und legt ihm die Hand auf den Mund. Lächelt, als reiche ihr das schon. Als wolle sie gar nicht mehr wissen.

≈

Ein Fasan stürzt kreischend davon. Heruntergerissene Mistelzweige treiben im wieder aufkommenden Wind.

Sie kommen an einem Bruch vorbei, über den sich schützend ein paar alte Weiden neigen. Früher einmal hat sich hier vielleicht das Wasser gesammelt und den vorbeifliegenden Schwänen als Raststätte gedient. Da waren im Winter vielleicht die Kinder aus der Gegend gekommen, um auf dem Eis zu schliddern und mit ihren Stiefelspitzen Löcher hineinzuschlagen. Später hatte womöglich noch ein alter Angler an diesem Weiher gesessen und Radio gehört. Aber dann, nach zwei, drei zu heißen Sommern, war das Wasser verdunstet, war der Weiher versiegt. Nur ein kleiner schlammiger Graben zieht sich jetzt noch durch das verödete Stück Land – wie eine Narbe, die nicht heilen will.

Ungefähr in der Mitte des Grabens ragt etwas unübersehbar aus dem Schlamm empor. Kein Baumstamm, kein Findling, eher ein Kometenstück. Durch das knorrige Geäst der Weiden steigt die Vertreterin den kleinen Abhang hinunter und läuft auf den Graben zu.

Hier und da flattern noch ein paar verwehte Plastiktüten im Wind.

Sie steht vor einem Autowrack. Das ganze Vorderteil ist bis zur Windschutzscheibe im Schlamm versunken. Fahrer- und Beifahrertür sind aufgerissen und hängen wie gebrochene Flügel in ihren Scharnieren. Dach und Heck sind von Rost überzogen, die Reifen an den Felgen platt. Es ist, als habe das Fahrzeug vergeblich versucht, sich einzugraben.

Der Verkäufer läuft an ihr vorbei und fährt mit der

rechten Hand über den rostigen Lack, weiter über den zerbeulten Unterboden. Er fühlt die Reste der Ölwanne und des Auspuffs. Aus der Entfernung sieht es so aus, als streichle er über die Schulter eines alten Freundes.

Ihm ist, als trüge das Ding ein Geheimnis mit sich herum und leide daran, es niemandem erzählen zu können. Er schließt die Augen. Stellt sich vor, wie Jugendliche einmal mit ihren Motocross-Rädern vorgefahren sind, um triumphierend ihre Motoren vor dem alten Wrack aufheulen zu lassen. Wie die Sonne immer heißer auf den schutzlosen Blechkörper knallte und das Wasser um ihn herum aus der Senke vertrieb.

Ein paar Minuten lang steht er still, lehnt seinen Kopf gegen das kaputte Gehäuse. Unvorstellbar, wie dieses Ding einmal von null auf hundert beschleunigte und freudig Kilometer um Kilometer zurücklegte. Tag und Nacht, bei jedem Wetter.

Die Vertreterin schaut ihn fragend an.

Zu gern würde er ihr etwas verraten, sie ins Vertrauen ziehen – aber ihm fehlen wieder die Worte.

Wie um sich zu entschuldigen, berührt er sie kurz an der Schulter. Dann läuft er mit hastigen Schritten zurück zu den Weiden. Und dann schnell weiter, zurück aufs Feld. Vor ihm: ein Weg. Eine Anhöhe. Und etwas weiter: ein einsames Haus.

V.

DAS HAUS

IN DER FERNE blinken rote Warnleuchten von Windkrafträdern. Nervös und ungleichmäßig, wie entzündete Augen, die sich andauernd öffnen und schließen.

Von irgendwoher dringt ein schrilles, fast hysterisches »Ku-witt«, das im Ungefähr der Nacht so klingt wie ein eindringliches »Komm mit«. Ein Käuzchen vielleicht, das von ihren Schritten geweckt worden ist.

Bald stehen sie an einem Gittertor, dessen linker Flügel offen steht. Davor steht ein schiefer Strommast, der offenbar nur zur Versorgung dieses einen Gebäudes errichtet worden ist. An seinem Fuß hat sich eine breite Pfütze gebildet, deren Oberfläche Schlieren zieht, als ob jemand Benzin ins Regenwasser gemischt hätte.

Der Garten ist verwildert: weiße Schlehenbüsche, Brennnesselfelder, vertrocknete Brombeerhecken, Holunder und Disteln, auch Farngräser und Klee. Rechts ist ein Brunnen zu sehen, über den sich drei verknöcherte Buchen beugen, als suchten sie in seinen Tiefen nach etwas.

Er läuft links am Zaun entlang und stößt schon nach wenigen Schritten auf die Fundamente eines alten Feldsteinkellers. Vermooste Treppenstufen führen herab in den ehemals sicheren Raum, der jetzt ohne Dach seltsam hilflos wirkt.

Unten tritt er mit dem Fuß gegen eine große Blechtonne ohne Aufschrift. Neben einem Haufen achtlos übereinandergeworfener Bretter fällt sein Blick auf zwei Mäusekadaver. Dicht beieinander liegen sie, wie ein altes Paar, das noch ein letztes Bad im Staub genommen und sich dann gegenseitig den Rücken sauber geleckt hat.

Vor der Wasserpumpe oben am Brunnen sieht er seine Gefährtin stehen. Über den Kopf der Pumpe hat jemand einen Blecheimer gestülpt, sodass es aus der Entfernung für einen Moment so aussieht, als stünde sie vor dem Grab eines unbekannten Soldaten.

Vorsichtig bewegt sie den Pumpenhebel auf und ab, aber das bringt nur ein quietschendes Seufzen hervor.

Jahrelang scheint keiner einen Fuß hierhergesetzt zu haben. Der Garten wirkt, als hätte schon lange niemand mehr einen Gedanken an ihn verschwendet. Die Fundamente am Boden haben sich bereitwillig überwuchern lassen. Als wären das in den vergangenen Jahren die einzigen Höhepunkte gewesen: wenn wieder eine junge Wurzel langsam über einen alten Stein kroch.

≈

An einer Hecke vertrockneter Zypressen vorbei laufen sie zum Eingang des verfallenen Hauses. Die Tür steht weit offen, als sei gerade erst jemand hinaus in die Sonne getreten. Hätte die Arme weit über den Kopf gestreckt, den Atem angehalten und dabei gedacht, was für ein Glück es doch sei, hier zu leben. Von irgendwoher fährt ein leichter Sommerwind durch die Gardine, ein kleiner Hund kaut unten im Kiesbett schläfrig an einem Knochen, Rosen blühen, Wespen summen, die Welt macht sich schön – und dieser Jemand, die Augen geschlossen, die Hände in weiten Taschen, fühlt, wie ein kleiner Kinderarm sich um die linke Wade legt ...

Rechts neben dem Eingang tun sich hinter dichten Spinnenweben zwei Fenster auf. Die Holzrahmen sind verrottet, die Scheiben von einer dicken Schmutzschicht bedeckt, und doch haben sie sich einen Rest ihrer Anmut bewahrt. Sind sie noch immer die Augen des Hauses, durch das es hinaus in die Welt schaut. Jetzt sind sie dunkel, aber was haben sie früher geleuchtet!

Vor vielen Jahren, als hier noch Feste gefeiert und Flaschen in die Luft geworfen wurden. Was haben diese Fenster nicht alles gesehen: das Licht der untergehenden Sonne, die Glasur eines frisch gebackenen Kuchens, dessen Duft aus der Küche hinaus über das Feld zog.

Die Strahlen des Mondes spiegeln sich in den Scheiben, der Geruch von frischer Minze liegt in der Luft. Hinter einem der Fenster springt ein schwarzer Schatten vom Brett. Aber keiner von beiden hat das gesehen – zu sehr sind sie mit ihren Vorstellungen beschäftigt.

Mit einer umständlichen Bewegung fingert die Vertreterin ihr Feuerzeug aus der Jackentasche und tritt zusammen mit ihm ins Haus.

Im Eingang, gleich hinter der Tür, fällt der flackernde

Lichtschein auf ein paar leere Flaschen Holzschutzmittel. Über kleine Schutthaufen hinweg, aus denen Reste von Stromkabeln und Fußleisten ragen, steigen sie nach links in das erste Zimmer. Oben in der Decke klafft ein Loch. Die aus dem Gemäuer heruntergebrochenen Ziegelsteine liegen verstreut auf einer mit Tüchern verhängten Konsole.

Daneben steht ein Kleiderschrank offen, in dem an einer silbernen Stange auf zwei Bügeln ein seidener blauer Bademantel und ein weißes Nachthemd hängen. Nicht zu dicht beisammen, nicht zu weit voneinander entfernt, in einem fast idealen Abstand unüberwindlicher Nähe warten die beiden Kleidungsstücke noch immer auf glückliche Morgenstunden.

Der Verkäufer lässt einen zusammengefallenen Kamin rechts liegen und tritt in die angrenzende Küche.

Sie wendet sich zurück zum Eingang, läuft in das andere Zimmer.

Durch den von ihrem Gang verursachten Windzug fliegen ein paar schwarze Haare vom Fensterbrett auf.

Gegen die hintere Wand lehnt das rostige Skelett eines Ehebetts. Herausgebogene Sprungfedern ragen hervor, im Spalt zwischen den Lattenrosten, dem sogenannten »Liebestöter«, sind noch Schaumstoffreste zu sehen.

Mitten im Zimmer steht eine leere Schubkarre. Auf ihrem Boden hat sich eine Staubschicht gebildet, in die ein Finger zaghaft das Wort »Frühling« geschrieben hat. Nur das: »Frühling«.

Als sie das im Vorübergehen liest, muss sie an eine

Bettlerin denken, die manchmal in der Stadt am Bahnhof kniete. Auf dem Pappschild, das neben einem geflochtenen Korb auf dem Boden lag, stand mit Filzstift geschrieben nur das eine Wort: »blind«.

Meist war der Korb leer, meist eilten die Menschen vorbei, ohne sie anzuschauen.

Aber eines Tages hatte jemand das Schild umgedreht und auf die Rückseite einen besseren Grund geschrieben. Statt dem bloßen »blind« stand nun dort: »Der Frühling wird kommen, und ich werde ihn nicht sehen.«

An diesen Satz denkt sie zurück, als sie jetzt im Staub das eine Wort liest: »Frühling« – vermutlich nichts als der plötzliche Einfall eines Versteck spielenden Kindes. Vielleicht war es auch einfach Frühling gewesen, als jemand hier für immer sein Haus verließ. Als er nach langer Abwesenheit noch einmal auf Krücken gestützt in sein altes Schlafzimmer kam, dorthin, wo er so viele Nächte verbracht hat.

Was tut man, um endgültig Abschied zu nehmen von einem Haus? Streicht man dankbar an seinen Wänden entlang? Kniet sich auf den Boden? Hinterlässt einen Abschiedsbrief – »geliebtes Haus, ich werde dich nie vergessen«? Vielleicht schreibt man eben auch nur das in den Staub, was man beim letzten Blick durch das Fenster sieht: einen blühenden Garten, eine tropfende Wasserpumpe, das weite, sonnensatte Land …

Im schwächer werdenden Schein ihres Feuerzeugs sieht die Vertreterin eine gerahmte Fotografie. Es ist die vergilbte Aufnahme einer jungen Familie: ein Mann mit langen Haaren, eine Frau in kariertem Hemd und auf ihrem Schoß ein kleines, staunendes Mädchen.

≈

Auf dem Küchenfußboden sitzt der Verkäufer und horcht in die Stille hinein. Die Wand ist in einem leuchtenden Blau gestrichen, der Putz ist fast überall abgefallen. Aufgerissene Zementsäcke liegen im Raum verteilt. In der linken Ecke steht eine Luken-Klappe offen, die in einen mit Brettern, Erdklumpen und Schutt gefüllten Kellerraum führt. An der Seite ragt ein kleines Handwaschbecken aus der Wand, neben dem ein Waschlappen an seinem Haken hängt und über all die Jahre den Anstand gewahrt hat.

Die Dinge schweigen. So angestrengt er auch in das Zimmer hineinhört, hier drinnen ist alles still. Es ist, als ob sich die Herdplatten und Kochtöpfe, die alten Milchflaschen und Wasserhähne untereinander abgesprochen und dazu verpflichtet hätten, ja nichts preiszugeben.

Die Vertreterin steht dicht hinter ihm. Mit der rechten Hand hält sie ihr Feuerzeug in die Höhe und leuchtet durch den Raum. Der flackernde Schein der Flamme wirft Schatten an die Wand – Umrisse von Figuren, die sie sind und doch nicht sind.

Als sie es bemerkt, streckt und krümmt sie Arme und Beine und freut sich über die seltsamen Gebilde, die das ergibt. Eine leichtsinnige Stimmung ist über sie gekommen, seit sie das Haus betreten hat, ein überbordender Übermut, der nach einem Ausdruck sucht.

Mit einem schwungvollen Schritt tritt sie an den Verkäufer heran und streicht ihm ohne Vorwarnung über den Hinterkopf. Von der liebevollen Geste überrascht, zuckt er kurz zusammen, lässt sich dann aber bereitwillig von ihr aufrichten und aus dem Zimmer ziehen.

Als folge sie einer fremden Anweisung, läuft die Vertreterin jetzt zum Schrank und nimmt die beiden vergessenen Kleidungsstücke von der Stange: das weiße Nachthemd und den seidenen Bademantel ...

Vorsichtig legt sie die Kleidungsstücke über ihren Unterarm und trägt sie – wie eine Schneiderin ihre wertvollsten Stoffe – hinüber zum Verkäufer. Ein seltsamer Duft geht von ihnen aus, leicht salzig und herb, wie von einer sandverkrusteten Muschel, die, viele Jahre vom Meer überspült, zum ersten Mal geöffnet wird.

Das Nachthemd behält sie für sich, den Bademantel gibt sie ihm weiter.

Eine knarrende Treppe hinauf laufen die beiden in den oberen Stock. Die Kleider vor sich hertragend, schleichen sie durch die fremden, von dicken Vorhängen verdunkelten Räume. Vorbei an Schuhschränken, halboffenen Schubladen, umgefallenen Notenständern – eine Art Geheimprozession. Sie geht voran, leuchtet, er folgt ihr, achtet auf seinen Schritt.

Vor einem großen Standspiegel bleiben sie stehen. Betrachten ihr Bild. Dicht hintereinander, die Kleider auf dem Arm wie kostbare Beweisstücke – Indizien eines Lebens, das ihres hätte sein können.

Von der Decke hängen verödete Stromkabel, lenken ihren Blick auf die Reste eines kaputten Kinderwagens am Spiegelfuß. Die hölzernen Bruchstücke liegen überall auf dem Boden verteilt.

Die Vertreterin zieht ihn weiter, verführt von der Vorstellung, hier zu Hause zu sein. Sie bettet das Nachthemd auf eine der alten Matratzen, legt sich zur Probe daneben.

Er bleibt im Türrahmen stehen, hält den Bademantel fest auf seinem Unterarm. Zusammen klettern sie auf den Dachboden, stoßen eine Luke auf und recken die Köpfe in den Nachthimmel. Die Luft ist kühler geworden, der Mond hat einen Hof wie vor einer Wetterwende. Der Wind ist wieder aufgefrischt und beginnt, leise zu pfeifen.

Sie kommen vorbei an Kisten und Kartons, die hier oben vor langer Zeit abgestellt worden sind. Unter Planen und Decken ragen alle möglichen Dinge hervor: Luftgewehre, Rollschuhe, Aktenordner – sie wirken wie Requisiten eines schummrigen Fundus, nach denen vorne auf der erleuchteten Bühne schon lange niemand mehr fragt.

Sie laufen weiter. Noch immer gibt es Räume, die sie nicht kennen, Kammern und Verschläge, in die sie noch keinen Blick geworfen haben. Sie streifen durch die Waschküche, durch den Keller, die Werkstatt.

Sie fühlen die glückliche Zeit des Anfangs: das Umräumen, das Einrichten, wie die Fenster aufgestoßen und die Wände mit frischen Farben gestrichen, wie die Bilder aufgehängt und die Schränke zusammengeschraubt wurden. Der freudentaumelnde Anfang, als alles noch neu war und aufregend und kein Gedanke ins Leere ging.

Sie kehren zurück in den Raum mit dem Kamin.

Durch das Loch in der Wohnzimmerdecke fährt der Wind kühl ins Zimmer. Sie frösteln. Bald machen sie sich daran, allerlei Holz zusammenzusuchen, laufen von einem Raum in den nächsten und stapeln, was ihnen brennbar erscheint, auf den Armen. Im Kamin entzünden sie ein Feuer. Es dauert eine Weile, aber dann lodern die Flammen hoch auf. An jedem neuen Holzscheit lecken sie begierig, knacken und pfeifen und geben erst Ruhe, als sich unter ihnen eine schimmernde Glut gebildet hat.

Alles, was sie an klapprigen Stühlen und Kisten finden, schieben sie jetzt vor den Kamin. Die beiden Kleidungsstücke legen sie vorsichtig über zwei Stuhllehnen und rücken sie nah ans Feuer heran.

Dann wieder: Stille. Nur das Knacken des Holzes ist zu hören und manchmal ein leises Pfeifen von draußen.

Plötzlich läuft der Verkäufer mit schnellen Schritten zur Konsole und holt aus dem unteren Fach ein Radio hervor. Mit beiden Händen stellt er das Gerät auf die staubige Plane, prüft die Batterien, schaltet es ein.

Kurz knistert der Lautsprecher, überrascht, nach so langer Zeit wieder gefragt zu sein, dann erklingen erste Töne. Gezupfte Kontrabasssaiten, die hart zurückschlagen, um dann von Streichern umgarnt doch widerwillig in eine Melodie einzustimmen.

Die Vertreterin und der Verkäufer – jetzt gehen sie aufeinander zu, als wären sie daran schon lange gewöhnt. Sie fährt mit dem Handrücken über seinen Kopf, streicht ihm eine Strähne aus der Stirn, beugt sich vor, flüstert. Er schließt die Augen, lächelt, legt ihr den Kopf auf die Schulter.

Für einen Moment stehen sie da und glauben fest daran: So wird es werden.

Dann spüren sie, wie sich etwas Sanftes auf ihre Schultern legt.

Ungläubig blicken sie nach oben.

Und wirklich: Durch das Loch in der Decke treibt der Wind Schneeflocken herein. Zögernd erst, als wollten sie prüfen, ob sie auch wirklich nicht stören, fliegen sie ins Zimmer. Aber bald schon wirbeln sie ausgelassen durch die Luft, bis sie vor dem Kamin auf dem Boden landen. Dort verharren sie still, ohne zu schmelzen.

≈

Für einen Augenblick legen sich die Zeiten übereinander. Verschwimmen die Bilder. Wird das Jetzt zum Damals. Das Haus scheint zu beben, wird von Erinnerungen erfasst. Die zwei vor dem Feuer: Das gab es schon einmal. Als das junge Paar aus der Stadt herzog. Voller Hoffnung. Ohne Misstrauen, ohne Vorahnung.

Die Szenen fliegen vorbei wie schnell geschnittene Filmbilder.

Blende auf. Blende ab ...

... sie wacht auf, während er noch schläft. Sie geht ins Bad, trinkt einen Schluck. Draußen geht gerade die Sonne auf. Ein Ton liegt in der Luft, wie von zirpenden Grillen. Sie beugt sich zu dem schlafenden Mann, betrachtet ihn still. Kniet sich vors Bett, streicht ihm eine Strähne aus der Stirn, sieht ihn träumen. Nichts und niemand kann ihn ihr nehmen, alle bösen Worte sind vergessen: Wer jemanden schlafen sieht, kann ihn nicht hassen – seine Augenlider zucken, die Lippen liegen lose geöffnet übereinander, die Wangenknochen umgibt ein mattes Strahlen. Ein Glanz liegt auf seinen ruhigen Zügen ...

... das kleine Mädchen lächelt. Mit verschlafenen Augen steht es nach der Mittagsruhe in der Tür und hält sein Mondkissen fest umklammert. Von unten schaut es zu seinen Eltern herauf. Es weiß, dass es so ihre Liebe zurückgewinnen kann. Und damit all die Erschöpfung vergessen machen, die die beiden überkam, als es vorhin wieder wie wild um sich schlug und schrie, nur weil es nicht schlafen wollte.

Jetzt steht es in der Tür und lächelt, steckt sich den Zipfel des halbrunden Kissens ins Ohr und tritt unsicher von einem Füßchen aufs andere. Die Mutter schaut noch streng, aber beim Vater hat sich die harte Miene schon gelöst. Jetzt beugt er sich vor und nach unten, jetzt breitet er die Arme aus und das Mädchen, als hätte es nur auf diese Geste gewartet, stürzt auf ihn zu ...

... vor dem Einkaufscenter ist eine hölzerne Tanzfläche aufgebaut. Daran vorbei laufen die beiden zurück zum

Auto. Bepackt mit einer Unmenge weißer Plastiktaschen. Er hat sich an jeden Finger eine gehängt, scharf schneiden sie ihm in die Kuppen – zu dumm, dass sie schon wieder die Stofftaschen vergessen hat.

Der Kofferraum ist bald gefüllt, die letzten Tüten werden unter dem Kindersitz verstaut. Die Tochter haben sie für eine halbe Stunde im Bällebad abgegeben, gleich muss die Mutter sie abholen. Aber ein paar Minuten haben sie noch. Allein, ohne Aufsichtspflichten.

Er zieht sie auf die Tanzfläche. Ein paar herausgeputzte ältere Damen sitzen am Rand unter Wärmestrahlern und schauen begehrlich auf die wenigen tanzenden Männer. Die Scheinwerfer sind schon angegangen, es wird jetzt wieder früher dunkel – die Lichter der Großstadt fehlen den beiden nun eben doch.

Tango. Den Tanz haben sie irgendwann einmal in der Tanzschule gelernt, da waren sie noch gar nicht zusammen, da ekelte er sich vor ihren schwitzigen Händen, und sie träumte von einem Leben am Meer.

Sie tanzen nur ein paar Schritte. Ihre Handflächen gleiten ineinander, als wäre nichts weiter dabei. Aber er fasst zu fest, und sie dreht das Gesicht zu rasch weg von ihm. Schnell löst sich ihr Griff wieder.

Es ist ein Versuch gewesen, nichts weiter …

… das junge Paar fährt zurück nach Hause. Das Auto schwer bepackt, die Rollen unklar verteilt. Es hat angefangen zu schneien. Vorne streiten sich die Eltern, hinten sitzt die kleine Tochter festgegurtet in ihrem Sitz. Mit dem Zeigefinger folgt sie den herabfallenden Flocken an der

Scheibe. In ein paar Tagen wird sie drei Jahre alt – aber was heißt das schon für sie: alt werden. Sie weiß nur, dass es Geschenke geben wird, Geschenke und vielleicht einen kleinen Kuchen …

… das Haus liegt auf einer Anhöhe, der Streit wird heftiger. Plötzlich greift die Frau dem Mann ins Gesicht, und die beiden beginnen zu brüllen. Autotüren schlagen, der schlammige Schnee spritzt unter ihren Schuhen auf. Sie stürmen ins Haus …

… als der Vater ein paar Minuten später aus der Tür stürzt, ist das Auto fort. Nur noch Reifenspuren im Schnee sind geblieben. Er folgt ihnen, erst langsam, dann immer schneller, vorbei an der Wasserpumpe, den Zypressen, dem offenen Tor. Er hetzt den Abhang hinunter, rennt, rutscht, stürzt, bis er unten am Weiher steht. Dort, wo die Spuren enden …

… die Frau ist fortgelaufen, ohne ein Wort zu sagen. Nur einen Schrei, einen einzigen jähen Schrei hat sie ausgestoßen, dann ist sie im dichten Schneetreiben den ganzen Weg zum Supermarkt zurückgerannt. Dort wartet sie dann bis zum Morgengrauen, bis die ersten Lieferanten mit ihren schweren Lastkraftwagen ankommen. Jeden Einzelnen von ihnen fleht sie an, ob er nicht vielleicht ihre Tochter gesehen habe. Stürzt von einer Fahrertür zur nächsten, bietet den müden Truckern alles an, ihr Haus, ihr Geld, sogar ihren Körper, wenn ihr nur einer ein Lebenszeichen von ihrer Tochter gäbe …

... der Mann sitzt stumm neben der Ertrunkenen am Bett. Die Hand hat er seinem Mädchen vorsichtig auf den Bauch gelegt, als würde er noch immer auf einen nächsten Atemzug von ihr warten. Starr, ohne sich zu bewegen, verharrt er so – bis in der Ferne die heulenden Polizeisirenen zu hören sind. Dann springt er auf, greift nach einer Flasche und setzt sich im Wald in den Schnee ...

Blende auf. Blende ab.

≈

Langsam legt sich der Schnee über die Dinge. Bringt alles im Zimmer unter seiner dichten Decke zum Verschwinden. Mit dem Schnee verblassen auch die Erinnerungen. Die Ideen, die Alpträume. Das Haus wird ruhig.

Wenn Menschen gehen, wenn sie sich scheiden lassen oder plötzlich sterben, dann bleiben die Dinge immer zurück. Sie überdauern. Sie halten durch.

All die Gesten, die guten Mienen, all das Schreien und Flüstern – das ist schnell vergessen. Aber die Straßen und Felder, die Häuser und Fenster, die Stoffe und Mauern, die haben ein gutes Gedächtnis. Die erinnern sich genau.

Das Feuer ist ausgegangen. Die beiden sitzen mit angezogenen Beinen im Dunkeln – für ein paar Atemzüge sind sie noch einmal: die Vertreterin und der Verkäufer. Sie streckt sich und reckt die Hände weit nach

oben. Holt tief Luft. Er fährt mit der Hand über seine
Pulloverärmel und streicht gewissenhaft die Flocken
herunter.

Erleichterung überkommt sie.

Als wäre ihnen das Schlimmste schon passiert.

Als müssten sie das Schreckliche nicht noch einmal
erleben.

Als könnten sie jetzt einfach hier sitzen bleiben und
Stille bewahren.

Zusammen. Zu zweit.

Noch einmal haben sie das Rauschen des Flusses
im Ohr. Kehren die Bilder der Nacht zurück. Er vor ihrer summenden Haustür, sie auf dem Floß mit geball-
ten Fäusten. Das Klirren der Gläser, das Schreien der
Äste.

Und den Satz der Mutter: »Wie schön es ist, nicht allein zu sein.«

Immer mehr Schnee weht durch das Loch in der Decke herein und legt sich auf ihre Körper. Aber sie spüren
keine Kälte. Ein Hauch geht über ihre Augenlider, ein
Streicheln schließt ihnen den Mund. Dann umfängt sie
der Schlaf.

≈

Als die Sonne aufgeht, schleichen die drei schwarzen
Katzen ins Zimmer. Langsam umkreisen sie ihr Paar,
streunen vorsichtig durch den Schnee. Eine nähert sich
dem Mann und zieht ihm das Gewölle aus der Hosentasche. Damit spielen die Tiere dann, wie mit einem

Wollknäuel. Werfen und jagen es, bis sie die Lust verlieren. Wind fährt auf. Das Gewölle versinkt im Schnee. Noch einmal schauen die Katzen zurück – dann lassen sie die beiden allein.

www.tropen.de

Simon Strauß
Römische Tage

144 Seiten, Taschenbuch
ISBN 978-3-608-50490-3
€ 10,- (D) / € 10,30 (A)

Auch als
@book

»Die Stimme einer Generation.«
Anna Wallner, Die Presse

Ein junger Mann kommt in die Ewige Stadt, um die
Gegenwart abzuschütteln. Er sucht einen eigenen
Weg, fühlt fremde Zeiten in sich leben. In Rom erinnert er sich. In Rom verliebt er sich. In Rom trauert
er. Er trifft auf außergewöhnliche Menschen und
findet seine Aufgabe: alles wahrnehmen, nichts
auslassen. Römische Tage führt zu den vielen
Anfängen und Enden unserer Welt und fragt, was
wir morgen daraus machen.